人形武器 ②白狐

RENXING WUQI

郑军 著

U0517909

希望出版社

图书在版编目（CIP）数据

人形武器. 白狐 / 郑军著. -- 太原：希望出版社, 2015.9（2016.11 重印）
（"沸点"科幻丛书）
ISBN 978-7-5379-7085-3

Ⅰ. ①人… Ⅱ. ①郑… Ⅲ. ①科学幻想小说–中国–
当代 Ⅳ. ①I247.5

中国版本图书馆 CIP 数据核字（2015）第 210031 号

沸点科幻丛书
人形武器·白狐
郑 军 著

出 版 人	梁 萍	
选题策划	杨建云	赵国珍
责任编辑	赵晓旭	
复 审	翟丽莎	
终 审	杨建云	
装帧设计	陈东升	
责任印制	刘一新	尹时春

出 版：山西出版传媒集团·希望出版社		地 址：山西省太原市建设南路 21 号	
开 本：720mm×1010mm 1/16		印 刷：北京楠海印刷厂	
印 张：13.5		版 次：2015 年 9 月第 1 版	
印 数：3001-8000 册		印 次：2016 年 11 月第 2 次印刷	
标准书号：ISBN 978-7-5379-7085-3		定 价：26.00 元	

编辑热线　0351-4922124
发行热线　0351-4123120　4156603

版权所有　盗版必究　若发生质量问题，请与印刷厂联系调换。

思想的沸点

代序

吴 岩

北京师范大学教授,世界华人科幻协会会长

沸点是物质的相变点,意味着物质性质将发生彻底改变。

中国的科幻文学在新世纪已经到达了相变点,这样,希望出版社的"沸点"科幻丛书应运而生。

有关新世纪科幻文学的特点,我觉得大抵不会离开后现代、全球化、市场经济、消费主义等一些对当前社会进行描述的现象的影响,但这其中,科学技术改变了未来跟现实的力量对比,把原本漂浮在时间前方的一种可能与渴望,变成了此时此地的冲撞性遭遇。2001 年的"9•11 事件",让整个世界反思,当人们信誓旦旦地谈论科学战胜宗教带来有希望未来的同时, 人类的思想现状和社会现状并未发生根本性的改变,世界范围内的发展不均衡和对帝国主义的反抗,能达到使人惊悚的真实效果。而 2011 年日本"3·11 地震",把大自然的诡异灵动跟人类开发原子能的努力相互联系,再度给人们敲响了警钟。近年来,大家所关注的转移因作物、干细胞研究、3D 打印术、甚至谷歌眼镜,也都各尽所能且前所未有地让种种不清晰的未来凶猛地嵌入我们的生活。今天,任何人走进医院,都会发现成百上千种前所未见的药物正在伺机投向我们的机体,而媒体技术的创新与改进,早已让信息超载的当代人类的心灵更加失调……我们正在跟未来冲撞,但未来的冲量和更多动力学特征,都还没有被彻底研究和解释。

即便是科幻文学这种文类,也正在面临诸多的考验。早在 2007 年我就在《文艺报》跟韩松和刘秀娟的一次对话中谈到,作为一种能够良好处理 20 世纪上中叶人与科技关系的理想的文学类型,科幻小说在 21 世纪正面临着全面的危机。摆在作家面前的是彻底改变了位置的未来,它像猛兽一样正一爪一爪地近距离刨向我们。当未来学家面对未来束手无策,当未来的冲撞重创我们每个人的时候,科幻文学只能寻找一种革新自己、以便继续生存的方法。这种革新,一方面要协助人类度过未来的冲击;另一方面,则要彻底拯救文类自身的存在。

不单单是中国作家看到了科幻的危机和未来的危机,在美国日本和更多国家,现实和文学的双重危机也激发着所有深陷其中的从业者和爱好者思考与拼搏。最近几年,我到东西方参加科幻会议的时候,都会发现一个有趣的论题,就是如何利用科幻作品进行学校教育。参加这种讨论的人包括作家、教师、图书管理员和出版人,他们的目标只有一个,要在一个高速变化的时代给青年人以新的未来承受力。而这其中,我觉得最重要的努力,会来自作家。毕竟,教师、出版人、图书管理员在没有合适作品的状态下,无法作出有价值的工作。

令人兴奋的是,跟我一样对当前的世界变革与科幻变革具有敏感性的中国作家还有很多。大家熟知的刘慈欣和韩松,都通过邮件或面对面谈话,跟我讨论过相关的话题。而更多作家则用他们自己的作品来展示他们的思考。"沸点"科幻丛书可以说是这种思考的结晶。

与"奇点"科幻丛书不同,"沸点"科幻丛书的作者都已经是中国科幻领域中具有深度影响力的作家,他们通过自己的思考和创作实践,敏锐地抓住现实与未来的关键特征,通过神秘而吸引人的故事,期待把这些有关未来的思考传递出来,给更多读者疗伤或免疫。

我觉得这套丛书有以下三个特点。

首先,它们来源很广。北方与南方、海峡的两岸……从不同方位不同角度不同社会状态下去观察未来,会提供多种可能的差异性解决方案。中国太过幅员辽阔,任何一个地区性的问题,在另一个地区都会改变模样,而生活在不同区域的作者所提供的差异巨大的解决方案,将丰富整个人类文化的视野,丰富人类选择的方式。

其次,它们积淀深厚。由于"沸点"科幻丛书选择的都是已经在科幻行业中具有影响力的作者,从他们的多年思考中,能看到他们对许多问题的超前意识与深度反应。而这才是面对未来冲击的宝贵财富。阅读他们的作品,你能跟随他们一起让思想沸腾。

第三,它们关注全球化问题。如果说科幻作家在一百年前还可以偏居于狭小的世界,仅仅谈论资本主义或共产主义的各自未来,那么在今天,他必须对互联网、高速交通工具、全球股市、海洋污染、大气变化等建立起足够的框架,才能让读者从中领略真实。科幻作家是真实的创立者,更是真实的建构者和毁灭者。

恰恰是在上述三个特点的吸引下我阅读了"沸点"科幻丛书的大部分作品。我向读者推荐这些作品,更期待读者就此跟作者进行讨论,对话,反馈,如果说未来正在伤害我们,且这种伤害是大范围的,那我们就必须通过集体治疗去消除伤害。

在微生物的存在未被发现之前,人类不懂得如何面对传染病的威胁。而微生物的发现和一系列连带的科研成果，使人认识到沸腾的重要作用。我觉得"沸点"科幻丛书的最重要的价值是搭建了一个有价值的平台，在这个平台上，期待更多已经在文坛展露头脚的作家烘焙自己，让自己的创作走向沸点。

是为序。

于北京师范大学教育学部

科幻与创意教育研究中心

2013 年 8 月 27 日

人物表

王鹏翔:主人公,世上唯一掌握终极武术的人。

肖亚玲:快乐世界公司技术总监。

亚历山大·斯皮尔金:前苏联心理学家,生物信息研究所创始人。

谢尔盖·斯皮尔金:白狐项目成员。亚历山大·斯皮尔金的儿子。

阿婕丽娜·斯皮尔金:谢尔盖的女儿,俄罗斯国家体操队退役队员。

瓦连京·科查夫:前生物信息研究所高级助理,俄罗斯前总统通灵术顾问。自
动修复研究所所长,秘密组织前生物信息研究所成员服务于
商业项目。

安德烈·佩舍夫:前白狐部队队员,谢尔盖的好朋友。

沃尔加·诺维科夫:俄罗斯亿万富翁。

鲍里斯·诺维科夫:沃尔加的儿子,科查夫秘密团体成员。

阿纳托利·古拉耶夫:前白狐部队队员,科查夫的秘密杀手。

弗拉基米尔·索伊费尔:前白狐部队队员,科查夫的秘密杀手。

维克托·佐林:俄罗斯联邦安全局官员。

目录 CONTENTS

第一章

极限偷渡

院子里面没有人！

至少在这两名如今的保安专家、以前的法国外籍军团士兵眼里，这座废弃的工厂的院子里一个人都没有。为了保险，他们提着手枪，一左一右分散开来，在废料堆、灌木丛、倒塌的矮墙后、瓦砾遍地的旧宿舍里一一排查。这里捅捅，那里翻翻。

是的，没人埋伏在这里。以专家的名义，他们确保这一点。

于是，一名保安拿起对讲机，向外面的同事发出信号。然后他们拿着枪，背靠背站在院子中央，扫视着两米多高的院墙，以防有人突然从那里翻进来。两俄亩大小的院子异常安静，就是有只飞鸟掠过，也会立刻引起他们的警觉。

其实,院子里面有个人!

这是一名俄罗斯联邦安全局紧急特别行动小组的成员。该小组名称缩写为"SSG",专门执行"法外杀戮"任务。这是现实版的"特警判官",他们用恐怖手段来对付恐怖分子,震慑国家的敌人。

这位 SSG 高手穿着"变色龙"迷彩服。穿上它,在某个环境里静静地待上两分钟后,迷彩服上就会出现与背景完全相同的图案。它还可以遮挡人体红外辐射,将脸和手都遮盖后,即使有人用上红外探测仪,也不会发现它所覆盖的埋伏者。

SSG 高手已经在两段院墙的夹角里站了一刻钟,身体紧贴砖墙,和它融为一体。不光是变色迷彩服,就是他的身体也几乎凝结成墙砖。他调匀呼吸,胸膛看不出明显的起伏。一名保安曾经巡视到离他十米远的地方,锐利的目光就从他身上扫过,最后还是转向了别处。

选择站在角落里,是为了不让别人从侧面发现自己的存在,这名 SSG 的高手成功了。

刹车声在外面响过一分钟后,院门口出现了四个人。左右两人同样是从法国外籍军团转行的职业保安,中间是 SSG 队员的目标,一名涉嫌洗钱的俄罗斯商人。此人身边还有个其貌不扬的矮个子中年人,看打扮好像是商人的助理,或者财务会计之类的小角色。

SSG 队员慢慢从斗篷式的迷彩服下面掏出枪,枪口缓缓地向上抬,向上抬……刚抬到四十五度角的位置上,那个矮小的"会计"突然扫了他一眼。是的,并非巧合,小个子就是在看他!目光停在他头部的位置上!

出了什么问题?他执行过七次这样的任务,从未失手。这套变色迷彩服连眼睛都要蒙住,只是眼睛部位的面料稍薄,可供他朝外看东西。这样的伪装可谓万无一失。这个"会计"什么设备都没用,他真发现自己了吗?或者,迷彩服出了问题,自己已经现了形?

来不及细想,SSG 队员迅速抬平枪口。与此同时,那个"会计"身子横出,左肩膀撞开洗钱商人,右手抛出一件什么东西,朝他这里疾飞而来。那东西看上去像枚手雷,SSG 队员情知不好,转身急闪。抛来的东西撞到墙上,像鸡蛋一样破裂开,一团粉尘弥漫到周围的空气里,其中一小部分洒到他的身上。

那是银行用来识别抢劫犯的荧光染色剂,一旦溅到身上,就是用溶剂都洗不掉。

知道自己彻底现形,SSG 队员头也不回,反手朝那群人连开两枪。一声惨叫从背后传来,他没时间察看自己的战果,几个箭步蹿上一截断墙,在耳边"嗖嗖"的子弹声中跳了出去。

那是他进来潜伏时就侦查好的逃生线路,矮墙后面是旧工厂的办公区,地形复杂可供隐蔽。岂料他双脚刚刚落地,后面就传来轻而急的踩踏声。居然有人能追上来!SSG 高手并不回身,仅凭听觉,朝着发出声音的地方回了一枪,继续朝着办公区疾跑。

踩着碎玻璃、踩着枯枝、踩着废纸板，那声音如影随形。SSG 高手不由得回身瞄了一眼，居然就是那名会计模样的矮个子。此人跑起来躬着腰，姿态有几分像某种野兽，虽不雅观，却十分迅捷，眼看就要追上自己。

SSG 队员心中一惊，出道以来，除了自己的队友，他从未见过如此高手。不，现在还有办法。他已经跑到废厂房的办公区，面前是一排平房。SSG 高手撞开破门，闯进走廊。他要在这种狭窄的地方，凭借高超的格斗术解决对手。这个矮个子可能很灵巧，但力气终究有限。

SSG 队员刚刚站定，耳边就传来玻璃破裂声，跟踪者撞开窗户，从旁边几乎跟他同时跳了进来。SSG 队员举手就是一枪。来人双脚踩在墙上，身体如猿猴般腾空躲过这一枪。

怎么会失手？凭借本能反应，SSG 队员又打出一枪。眼前黑影一晃，那个人已经站在他面前，牢牢抓着枪管，甚至把枪口抵在自己的脑门上，一双眼睛在枪口下面嘲笑地望着他。

SSG 高手这下精神崩溃了，对手的手指宛如钢钳，他抽不回手枪，神经质地连连扣动扳机。他忘记了，刚才已经打光了所有子弹，而对方却好整以暇，一路追赶中还帮他计算着发枪数！

"要活的！"

外面传来一声粗暴的喊声。SSG 队员听到后，第一反应就是咬破齿间藏着的氰化物胶囊，那是间谍们的传统装备。活下来惨遭刑讯逼供，远不如一死

了之更痛快。

就在这一瞬间，矮个子伸出钢钳般的右手捏住他的两腮，一用力，就让他的下巴脱了臼。

然后，矮个子迅速打出一拳，正中他的太阳穴。昏迷前的一瞬间，这位 SSG 高手仍然在想一个问题——他是怎么被发现的？

一分钟后，两个保安扛着昏迷不醒的敌人，另一个保安架着中枪的同事，所有人围着那个俄国商人退出废厂房，回到停在外面的防弹汽车上。四个在法国外籍军团受过训的专业保安原来瞧不上这个绰号"白狐"的矮个子，现在不得不从心里佩服。

这一行人不再等候接头者，迅速离开现场。

又过了十五分钟，位于莫斯科卢比扬卡区的俄罗斯联邦安全局总部里，行动指挥官维克托·佐林得到任务失败的报告。"听说……听说他们请了一只'白狐'作护卫。"助手结结巴巴地汇报说。

"你事先为什么不汇报！"佐林大怒，这样重要的消息他居然不知道。

"我们……我们觉得那只是个传说。"助手分辩道，"我听说过'白狐'计划。不过，哪里有什么特异功能，那完全是伪科学。"

佐林看了看这名助手，他只有三十岁，脑子里虽然灌了不少新知识，但并不熟悉那些旧秘密。"把你脑子里的那些科学抛掉，记住我的话——'白狐'真的存在。以后再遇到有关'白狐'还在活动的情报，你要马上告诉我！"

那东西竖起来后，看着很像一台 X 光机。

技术工人还在调试着仪器，王鹏翔抚摸着眼前这台"X 光机"。它的造型很时尚，表面覆盖着青灰色的涂层。不过它并非 X 光机，而是一台正电子辐射断层摄影机，简称 PET。

一个人喝下做过放射性处理的水，然后进入 PET，它就会拍摄下此人大脑活动时血液流动情况的造影。大脑的哪个部位活动更剧烈，那里的造影也就更鲜明。

利用这一原理，PET 能够间接记录人类心理活动时大脑的变化。十几年来，它已经成为心理学家的尖端科研利器。

不过，以前老款的正电子辐射断层摄影机更像核磁共振仪，被试必须安静地躺下来，被送入一个扫描隧道，它才能起作用。这意味着 PET 只能记录人在静卧时的心理活动，而人类一旦处于清醒状态，很少有什么重要的事会在床上完成。

"老大，您是说，全世界只有三台这样的新款机？"

被王鹏翔叫作"老大"的人，是一名三十多岁的年轻学者，香港中文大学体育心理学专家何志浩。王鹏翔只是个本科生，入学半年以来，因为天禀聪颖，且他自己也有很强的运动能力，所以被老师们早早选来参加实验。既当被试，也做助手。

"是两台，而且还不能算新款，只是人家公司的样机！"

何志浩正在调试 PET 的主控计算机，声音里有掩饰不住的兴奋，就像大孩子拿到了新玩具。校方为保证实验条件领先全球同行，不惜血本买下这台样机。从现在开始，人类被试在 PET 里面不是只能躺着，还能坐着、站着，甚至摆几个简单造型。这离真实的人类活动尽管还隔着太平洋那么宽，但比只能记录静态心理活动的同行，却已经领先了一个身位。

"老大，是让我进去作被试吗？这次玩什么？"

在这个体育科学系里，王鹏翔已经多次充当课题样本。他们要研究世界顶尖的运动员，从中收集最出色的生理和心理数据。那些运动员文化水平不高，知其然不知其所以然；专家学者虽明白科学原理，却没有那么好的运动天赋。直到王鹏翔入学后，他们终于找到了合适的人选，可以同时解决这两个问题。

"太极拳你会不会玩？"何志浩问道。

"太极……不会。"

他的父亲王轩当年走遍大江南北，记录各种武术流派的影像资料，当然不会落下太极拳这么重要的拳术。只不过他始终没找到太极拳拥有技击功能的证据，所以，最后合成的终极武术里没有一点儿太极拳的影子。

"不会没关系，简单学几个动作就行。什么野马分鬃啊，白鹤亮翅啊，练几个动作，姿势标准就行。你肯定能行！"

王鹏翔明白师傅的意图。这台仪器还不能记录迅捷动作时人类大脑活动的瞬间状态，所以拿速度缓慢、然而又相当复杂的太极拳动作来练手，是个不错的尝试。于是，王鹏翔花了两天时间，从一位老拳师那里学了几个太极拳动作，直练到老师傅认为已经足够标准为止。

王鹏翔喝下染有放射性示踪剂的水，站到 PET 的两块夹板之间，等待着那种水随着血液进入大脑。这听起来有点儿恐怖，其实对人体并无伤害。

"闭上眼睛，放松……放松……"何志浩一边说着指导语，一边调试着仪器，"好了，开始！"

王鹏翔闭着眼睛，做出一记"起手式"，然后是左右"野马分鬃"。

"OK！"王鹏翔耳边响起了何志浩的声音，他刚睁开眼，何志浩又向他摆摆手，"现在你闭上眼睛，把这三个动作回想一下，要仔细，每个动作细节都要回想得尽可能逼真。"

王鹏翔站立不动，脑海里重复着那三个动作，不过它们都只是模糊不清的影子，他在脑子里"看"不清它们。

"不行，还要重复回忆。记住，不光是那个动作的轮廓，还要想象你当时的身体感觉，你的关节……你的肌肉……你的平衡感……"

王鹏翔明白师傅要做什么了。他不光在调试仪器，还想要尝试着解决一个重要的体育心理学课题。不过，放射性示踪剂只有十分钟效果，于是，王鹏翔又喝下一量杯的水，站到 PET 中间，放松身体，闭上眼睛，回忆着那几个动作的全部细节。一遍完成，又重新回想另一遍。

周围除了电流的声音，什么动静也没有。在寂静的空间里，王鹏翔把三个

动作想象了一遍又一遍,细节越来越丰富,动作越来越完整。王鹏翔感到胳膊在发热,膝盖在抖动。虽然他的身体纹丝不动,但却似乎有种力量在全身上下流动,充满整个身体,把四肢撑起来,逼着它们去完成那几个动作。

"OK！太棒了！"

何志浩的声音把王鹏翔从动作想象中唤醒。他睁开眼睛,看到何志浩招手让他过去。在计算机屏幕前,何志浩把两张扫描图像平铺在电脑桌面上。

"你瞧,这是你真正做动作时大脑活动的图像,这是前几次你想象动作时大脑活动的图像。瞧,两者差距越来越小。这是你最后一遍想象动作时大脑活动的图像,两者基本吻合！"

利用新仪器,何志浩解决了一个体育心理学中的老问题。长期以来,那些实战中的教练员总爱让运动员苦练、勤练。而体育心理学家却认为,掌握一个复杂动作时,运动员应该花时间在脑海里想象动作细节。动作想象越逼真,实际练习效率越高。

这种近似巫术式的训练方法,教练员们很难接受,体育心理学家也拿不出过硬的证据说明它会有效。现在,至少这师徒俩已经证明,人类在想象一个动作时,大脑的活动状态与真正做这个动作时一样。

当然,接下来他们还需要做大量重复实验,才能让同行接受这一结果。不过这条路的方向已定,只是走下去的问题。

何志浩兴奋得手舞足蹈,王鹏翔也很开心。他还想,什么时候也请肖阿姨去买一台站立式PET。他知道这台仪器的价钱，对于一座大学来说很贵，对于快乐世界公司来说却算不上什么。

穿什么衣服见这个客人，着实让亿万富翁沃尔加·诺维科夫伤了一阵脑筋。

马上要见的这个人能够——或者据说能控制别人的心脏，让它骤然停跳。那么，要穿上防辐射金属罩吗？或者坐在防护玻璃后面和对方谈话？当着一群部下，如此小心成何体统。或者，里面穿着防弹衣，外面穿上正装坐在对手面前？可那东西是用玻璃纤维制造的，能够对付"思维波"吗？

最后，当那位贵客带着助手走进来时，诺维科夫仍然穿着平时的正装，端坐在自己的办公室里。保安队长带着两名部下等在外面的客厅。他请那名助手留在外屋，再将大名鼎鼎的瓦连京·科查夫请进老板的办公室。

名叫弗拉基米尔·索伊费尔的助手从容地坐在客厅里，保安队长和两名保安围坐在他的前后左右，谨慎地盯着他。三个人与他等距离，相互间分开一百二十度，将索伊费尔围在中间。一旦有事，他们会同时出击将其一举拿下。这三名高手都来自美国黑水保安公司，单是请其中的任何一个人，每天就要付一万美元。

由于要随时准备着给主人挡子弹，这三个保安都生得虎背熊腰，相比之下，索伊费尔的身材就像个高中生般单薄，感觉随便哪个人压上去，都会让他

爬不起来。不过这可能只是假象，听说这个索伊费尔也是只"白狐"，那可是在国际安保领域风闻已久的一批高手，全部来自苏联一支代号"白狐"的神秘部队。据说那支部队挑选新人，其中一个重要条件就是身高不能超过一米六五，过长的神经反应回路会影响动作的敏捷性。

在今天，据说"白狐"们只接受百万美元一单的特殊任务。他们迅速出击，迅速消失，不会像这些保安，整天给富人们看家护院。不过，迄今没有任何来自苏联的职业保安承认自己是"白狐"。所以也有人认为，那纯粹是这个行业里某些人搞的商业炒作。反正传得越邪门，富人们越容易买单。

今天的客人瓦连京·科查夫的身高也很符合一只"白狐"的标准。不过科查夫早早就名扬四方，现在仍是新闻人物，并不像传说中"白狐"那样神秘莫测。他是个纯正的俄罗斯族男人，五十出头，态度谦和，神情举止很像他的公开头衔——俄罗斯人体机能自动修复研究院院长。

所谓"人体机能自动修复"，是一种新兴起的江湖保健法，类似于中国气功或者印度瑜伽。这种养生术认为打针吃药都会损害人体机能，得了病，不如让身体机能进行自我修复。这种"后现代"色彩的理论在今天的俄国颇有市场，更有人大力提倡。据说现在，每年俄国人会为各种迷信和准迷信花费三百亿美元，是国民生产总值里很大的一块蛋糕。

除了这个声名显赫的协会，还有一些杂七杂八的团体在俄国推行类似的东西。不过谁也没有眼前这个瓦连京·科查夫更让公众信服。

据说这位"人体机能自动修复大师"来自苏联克格勃的一个特殊机构——"生物信息研究所",是该所训练出来的有特异功能的超人。苏联解体后,科查夫转而为俄罗斯政要进行"通灵服务"。据说他神通广大,可以在万里之外遥感美国核潜艇的位置;可以通过照片,判断美国总统得了什么病。他甚至可以闻到恐怖杀手身上的炸药气味,"感觉"到间谍身上带着的窃听工具。

最可怕的是,科查夫能在十米以内控制别人的心脏。如果他让某人停止心跳,事后医生只会当成"猝死"来处理。当媒体追问科查夫是否有此神功时,他从未否认,只是声称出于良知,自己不会使用这类超级能力。

21世纪初,克里姆林宫换了主人。科查夫不再受宠,于是创办起全俄最大的"人体机能自动修复"服务机构。他经常露面于媒体,门下神人云集,还在俄罗斯政商两界有不少支持者。如今,他甚至租用了以前克格勃的一处办公楼,当成自己的协会总部,这更给他增加了某种权威性。

今天,诺维科夫请科查夫前来,并非要治病或者遥感谁的秘密。打过招呼,诺维科夫便摆出诚恳的表情:"科查夫先生,您有什么宏伟的计划我不管,也不想过问,只是请您放过我的儿子。"

鲍里斯·诺维科夫,他的独生子,现在不仅成为科查夫的信徒,还到处去拉拢俄罗斯的富二代们参加他的团体,去接受导师的教诲。在诺维科夫眼里,这种精神劫持比肉体绑架更可怕。"我那个儿子做不了什么正经事,就让他退出您的团体吧。"

科查夫眯起眼睛,盯着这位亿万富翁。诺维科夫在福布斯排行榜上名列全俄第十,手下有上万名员工,政商各界好友无数。但他也是个普通人,也有弱点,这个弱点现在正抓在自己手里。

"诺维科夫先生,您的儿子今年已经二十一岁了,他有权决定自己的事情。再说,鲍里斯现在不是过得挺好吗?不吸毒、不酗酒,甚至不暴饮暴食。二十一岁的人就懂得过有节制的生活,看看别的富二代,您应该很知足才对。"

这些确实是科查夫信徒的优点,不过,为取得这点长处可能要付出多少代价,孩子们不一定懂,诺维科夫却心里有数。"大师,我不再绕圈子啦。如果能让鲍里斯退出您的团队,我愿意向您的协会捐助一千万美元,不,一千五百万美元,怎么样?"

科查夫微微一笑:"鲍里斯要接受系统的磨炼,他的心灵将和身体一起淬火,他将成为一名新俄罗斯人。培养出这样一颗救世的种子,不是一两千万美元可以换取的。"

"够了,科查夫!"诺维科夫实在忍不住,拍案而起。门外的保安们听到一丝声音,把目光都集中在索伊费尔身上。

"你那套玄学讲给年轻人听还行,我什么把戏没见过?"诺维科夫指着矮自己一个头的对手,怒斥道。

"我的学说……您不相信?"

"根本就不信!"

"那您为什么穿着一件金属箔制成的连体衣裤？"

诺维科夫委顿下来，脸色惨白，惊出一身冷汗。由于担心眼前的这个人真有那些特异功能，他最后还是在外衣里面衬了薄薄的一层金属箔。

"呵呵，谁给你想出的这个办法？思维波不是电磁波，金属能有什么作用呢？"

诺维科夫的心脏急速跳动起来，越跳越快，越跳越有力，像是一只困在他胸膛里的野兽，要脱缰而去。他抓着沙发扶手，用力想站起来，身子却像散了架一样无力。科查夫死死地盯着他，眼眶周围的肌肉在颤抖着。当他再开口时，他的声音开始带上一股磁性，一种魔力。

"先生，把眼光放长远点……尼采说过，人是猿人进化到超人之间的环节。那么，谁先进化为超人？如果俄罗斯人先完成这样的进化，你不高兴吗？贵公子先成为这样的超人……你不该高兴吗？"

诺维科夫想喊人进来救驾，但他嗓子里痒痒的，仿佛有一堆小虫子在爬，怎么也说不出话来。好半天，诺维科夫总算支撑着站起来，身体已经近乎虚脱，双膝一软，跪倒在地毯上。

"扑通"！这声音穿过门板后已经很微弱了，但还是被离门最近的保安队长听到了。他腾地站起来去开门，其他两个人不假思索，朝着索伊费尔合围上去，四只胳膊像一张网一样罩住瘦小的"白狐"。

片刻间，索伊费尔已经不在那张网的中央，他闪电般来到保安队长背后，

身体凌空弹起，右掌狠狠地切在他的后脑上。然后，索伊费尔双脚在保安队长的背上一踩，借力翻到另外两个保安身前。

剩下的两个保安不约而同地把手伸到自己怀里去掏枪。人的胳膊从胸前向外挥动时力量最弱，就在这一瞬间，索伊费尔的左右手同时按在他们的胸口上，让两个人都抽不出枪来。同时，两人的身体自发地向前抵抗。就在前力消失、后力刚生之际，索伊费尔恰到好处地松开他们，跳出圈外。两个保安双双扑倒在地，就像他们自己想把自己摔倒一样。

全部动作只用了两秒钟。索伊费尔推开门，科查夫正扶着诺维科夫坐在沙发上，给他揉着胸口，关切地问："您这样的年纪，应该随身带着硝酸甘油，您有吗？"

诺维科夫指指自己的口袋，他已经完全说不出话来。科查夫掏出硝酸甘油，塞在诺维科夫的嘴里："放松，先生，放松，您不会有事的。"

三个保镖虽然摔得很狼狈，但并无大碍。保安队长爬起来后，看到诺维科夫正在科查夫的掌握之中，那个瞬间击倒所有人的矮个子还站在他们和主人之间，一时不知道怎么办才好。

"没事，没事，诺维科夫先生是位好父亲，他正为儿子的事担心，搞得心脏不大好。我已经给他服了药。"科查夫抚摸着诺维科夫的胸口，"另外，这种金属箔做的衣服很闷热，对身体不好。我们应该互相信任，您说对吗？"

科查夫带着助手，从三个保安身边昂然走过。谁也没敢招惹他。

离开诺维科夫的别墅，科查夫的表情反而凝重起来。这些小花招蒙蒙外人还可以，但他不会把自己也骗了。

"谢尔盖有消息吗？"

"好久没有他的消息了……老大，你怎么又想起他来了？"索伊费尔质疑道，"没有消息不是更好吗？说明他不会再找我们的麻烦。"

对往事的回忆仿佛过于沉重，让科查夫停下了脚步。好一会儿他才又开口："找不到他，我总是放心不下。当年他跑出来搅局时，我们刚从悬崖下起步；现在我们快爬到峰顶了，这个时候如果被人砍断保险绳……你想想会是什么后果！"

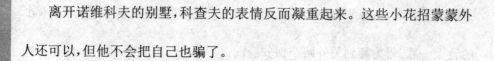

据有案可查的资料统计，世界民航史上共有 109 人混入飞机起落架舱，企图偷渡国境，或者仅仅是为了逃票。其中有 45 人死亡。他们要么被收起的起落架挤死，要么在高空被冻死，或者因缺氧而死。还有一些人坚持挺过整个恐怖的旅程，最后在飞机降落前，起落架舱门打开后，被超过十二级大风三倍的狂风卷走。

总之，这种免费的旅行方式，死亡率高达 41%。不，这个数据是错误的，因为统计者不知道世上有古拉耶夫这么个人。当然，有时候他也叫"帕特里夏尔""阿利亚"，或者其他十几个不同民族的名字。古拉耶夫携带着十几本伪造的护照，不过他并不需要把它们出示给机场海关，只是在到达目的地之后，出

于应急才会掏出来。这样，哪个机场都不会有古拉耶夫的出入境记录。

古拉耶夫是俄罗斯人和高加索人的混血儿，他会根据自己要去的国度，把自己化装得像一个西欧人，或者南欧人，或者中亚人，偶尔甚至会打扮得像个皮肤颜色较深的黄种人。这样，他可以混入当地人群而不引起注意。这次，古拉耶夫出发前在密室里细心打扮了两个小时，让自己成为一个矮个子黄种人。然后，他将保暖衣服和耳塞等物品放进一个包，用抽气机抽成真空，拎在手里。

古拉耶夫知道世界各地有哪些机场的保安措施不严密，这其中就有匈牙利的费里海吉国际机场。因为财政困难，此处围墙年久失修，还没有通勤车，乘客在这里上下飞机都要穿越停机坪。

黄昏时分，古拉耶夫混在人群中走上停机坪。很快，他找了个机会离开人群，消失在昏暗中。他找到那架马上要飞赴香港启德机场的班机，爬进它的起落架舱，把自己的身体蜷在金属框架的角落里，穿上罩头包脚、用于极地考察的密闭保暖服，又戴上耳塞。最后，古拉耶夫调整呼吸，让自己的身体安静下来。

慢慢地，周围的一切似乎都离他远去。

几年前，一个尼日利亚籍恐怖分子想用这种方法混入英国，结果在平流层中被 -40℃ 的低温冻死了。悲催的是，当时没人发现这件事。他的尸体就这样被飞机载来运去，一周后才在芝加哥机场被地勤人员发现。

不，干这种事情需要极强的专业技术，玩票绝对不行！再勇敢也不行！

飞机在跑道上滑动，发动机发出轰鸣，剧烈的声音让古拉耶夫的五脏都震动起来，仿佛一颗颗炸弹在体内连续爆开。古拉耶夫屏气凝神，让自主神经的功能处在最平衡的状态。他在脑子里回忆着一次次愉快的成功经历，其中就包括最近那次，他把被保护人从一个俄罗斯特工手下救出来。那个被他掰脱下巴的汉子正在附近一处地下室里接受审讯。古拉耶夫完成任务，拍手走人，开始做新一单生意。

飞机爬升上去，到达平飞高度。古拉耶夫让自己变成一株植物，蜷缩在狭窄的空间里，纹丝不动。

就这样，古拉耶夫挺过缺氧和低温，还有下降时的狂风。飞机在启德机场减速滑行时，他翻滚着跳出起落架舱。正值黎明，跑道上一片黑暗。古拉耶夫钻进附近的草坪里，缓缓地做着舒展动作，让血液从僵硬的身体里再次流过。他的能力远远超过一般人，但并不是个超人。所以，古拉耶夫还需要一段时间来恢复身体机能。

一刻钟后，古拉耶夫换上机场地勤人员的制服，扒上一辆油料车离开停机坪。然后他再扔掉这套惹眼的制服，换上普通服装，消失在香港街头。

第二章

高手

吃了个哑巴亏，诺维科夫觉得与科查夫之间的矛盾已经无法调和。于是他找到自己在联邦安全局工作的朋友佐林，佐林的职责就是监视境内各种极端组织。一见面，诺维科夫就向佐林诉说自己的遭遇。

"当时我胸口像压了块大石头，如果不是他停下来，我坚持不了几分钟就会……"

佐林不假思索就否定了他的说法："那是你的心理作用。见他之前，你就怀疑他有特异功能，他当然会利用你这种心理来暗示你。夸张的表情啊，特殊的语调啊，他很会玩这些。这只是心理暗示而已。"

"可是，他怎么知道我相信了他的特异功能？我穿得很严密，金属箔也很薄，他不可能看到里面衬着什么。"

"这个……"难题让佐林思索了几秒钟，不过他仍然没改变想法，"具体他怎么知道这个细节，我一时还想不出，但是答案肯定不复杂。我监视极端组织这么多年，见识过很多小把戏。"

诺维科夫见无法说动老朋友，有些着急："好吧，科查夫有没有特异功能我不知道，但鲍里斯是什么样，我总会清楚吧？他现在很有点邪功夫。比如，坐在屋子里听到外面有汽车发动机的声音，就知道谁要登门拜访。"

佐林拍拍他的肩膀："这更好解释。世界上每台发动机的声频都不同，就拿海军来说，他们用声呐可以判断出附近有哪个国家的哪艘军舰，这叫水声信号。汽车发动机也是一样。你说的这种功夫，汽修厂个别老师傅就会，只不过普通人不练习这种能力罢了。"

说完，佐林给诺维科夫端过一杯酒，坐到他身边，安慰道："老兄，科查夫是个江湖骗子，我可以百分之百地保证。你放心吧。"

诺维科夫长叹一声："其实他究竟有没有特异功能，这不重要，关键是我的儿子，他陷得太深了！而且你知道吗，全俄罗斯身价排名前十的富翁，有三家都至少有一个孩子拜到科查夫的门下……"

"是四家！"佐林纠正着他的数据，"排名前一百的俄罗斯富翁，有二十二家的子女进入科查夫的训练营。此外还有州长、部长、高级将领的孩子。他所有的弟子家庭非富即贵，没有一个来自平民家庭。"

诺维科夫眼睛一亮："这么说,你们执法机关已经盯上他了?"

佐林轻叹了一口气："作为执法人员,我只能做到这一步,现在还抓不到他犯罪的任何证据。我更不能动手……"忽然,佐林眼前一亮,"老朋友,如果你很关心自己的孩子,我建议你去寻找一个人,或许他可以帮你对付科查夫。"

"那是个什么人?"

"谢尔盖·亚历山大·斯皮尔金。当年那支'白狐'部队中最优秀的一个。"

一个完整的计划渐渐浮现到佐林的脑子里,他不仅要帮老朋友一个忙,也要利用这位朋友解决自己办不到的事。所以他决定透露给对方一点儿秘密,增加彼此的信任度。于是花了一个小时,佐林让诺维科夫知道了"白狐"究竟是怎样一个秘密组织。

都听明白之后,诺维科夫长出了一口气："天啊,原来是这样,所以你才坚信科查夫没有特异功能。"

"那是他惯用的手法,能制造奇迹,但要伪造产生奇迹的原因。比如,坐在科查夫对面的人怀里藏着一支枪,他能闻到擦枪油的气味。非常神奇?但是通过严格训练,这是人类能达到的境界。不过他会告诉你,那把枪他是用意念遥感到的。"

"是这样啊……"诺维科夫回想着他与科查夫见面的过程,难道金属箔能散发什么气味,让科查夫闻到了?诺维科夫摇摇脑袋。既然"白狐"是那样神奇的一群人，他们如何做到这点，自己不可能想明白。于是他把思路转到现实问题中来。

"如你所说，谢尔盖是他们中最厉害的一个。但这只说明他有本事，他凭什么肯出头帮我？而且，现在科查夫是一个团队，势力渗透到很多地方。"诺维科夫指指远处的联邦安全局大楼，"连老弟你拥有这样的背景都不敢轻易动他，谢尔盖就是想为我出头，他又能做些什么？"

这次佐林没再绕弯子。"很多年以前，这个国家还没有几个人知道'科查夫'这个名字。他才刚刚开始招摇撞骗，其规模就像眼下街头那些'超能训练场''东方秘术馆''真实萨满术道场'。谢尔盖发现父亲的成果被人用来干这种勾当，于是专门挑科查夫表演所谓特异功能的时候站出来揭穿。科查夫能做到的，谢尔盖都能做到，而且做得更好。然后他说，能做到这些没有任何神秘原因，只有艰苦的训练。

"所以你可以想象，对于建立在谎言基础上的威望，什么才最重要？一点点真相而已。谢尔盖就有这个法宝。"

"可是，如果他愿意这样做，这些年他为什么不做？"

佐林摊摊手："我对此也无法解释，答案只能在谢尔盖身上找！以毒攻毒，只有当年的'白狐'才能制住他们自己人。"

诺维科夫站起来，在屋子里转了几个圈，左拳猛击在右手掌上。看到了希望，他的精神一下子振作起来，脑子里也飞快地转动着："好吧，老弟，这

个谢尔盖,他在哪儿?"

"我只知道他在一个叫'西伯利亚修道院'的地方,完成白狐计划中的最后一段修炼。"

这天,应肖亚玲邀请,王鹏翔找到她租住的房子。肖亚玲把一台小巧的笔记本电脑递给他,王鹏翔拿过来掂量一下,最多不会超过一公斤。仔细一看,那并不是普通的笔记本电脑,而是一款功能强大的便携式服务器。

"这是部队军事主官在战场上使用的,不光计算功能强大,而且经磨、经摔、防水、防火、防电磁辐射。你喜欢跋山涉水,带着它正合适。"肖亚玲介绍说。

"谢谢肖阿姨。"

肖亚玲打开这台服务器:"送你的不光是硬件,还有里面的资料。你父亲当年记录过的影像资料,我都把它们数字化,转制成 3D 文件。有些内容公司没有使用,但我想对你可能会有用,它也应该算是你父亲的遗产。"

王鹏翔打开,贪婪地浏览着一个个文件夹。第一眼就看到"太极推手"的字样。打开一看,里面是各种流派太极武师练习推手的影像资料。

"太极推手?对啊,我总感觉《论剑》游戏里缺一个重要门派,原来是太极拳!"

　　其他武术流派都讲究速度、力量，只有太极推手不讲究这些。游戏公司无法把太极拳和其他门派放到同一种游戏引擎上统一开发。"记得在一次策划会上，你爸爸还提议，能不能单独给太极拳开发一款游戏。"

　　"结果呢？"

　　"结果？提案当场被毙掉。没有人认为年轻人会喜欢在电脑上玩节奏慢的太极拳。如果老年人想玩太极，最好是在公园里真练，而不是在电脑上动鼠标。"

　　服务器里还保存着王轩针对太极拳的论述，那也写在他的笔记本里，王鹏翔曾经读过，现在他又把它翻出来，对照着画面阅读着，体会着。

　　"太极拳拥有毋庸置疑的健身作用，在这方面已经有大量论文专著，而它能以一种健身方法流传到全世界不同文化的国家里，也证明了它的健身作用。然而太极拳的技击作用，即便在中国武术界也还是个谜。太极拳的技击理论高深莫测，但就是找不到用于实战并取胜的证据。至少在我采访研究的太极拳师中，如果他们参与普通技击比赛，就一点儿也体现不出那些理论的高明之处。

　　"甚至，武术界专门给太极拳设置了推手比赛，选手们上场后虽然一开始像模像样，但最终都会演变成互相推搡，靠力气取胜。而在街头实战中，谁又会管什么比赛规则呢？

　　"西洋拳击没有多高深的理论，大家都能看到它在如何运用。但如果没有任何人在摄影机前用太极拳的理论打倒对手，是否可以证明它根本没有实战意义呢？"

读到这里，王鹏翔抬起头思考着。是啊，肖阿姨说了，他们无法将太极拳与其他拳术放在同一种游戏引擎里。游戏引擎是什么？无非就是一套数字化的动作规则。太极拳不能运用一般技击的动作规则，是否等于是说，它在现实中根本就没有技击价值。

第二天早上，王鹏翔来到香港海洋公园放松自己。入学半年，还没抽空出来逛逛。

海豹、海狮、企鹅、鲨鱼……再加上俄罗斯水上芭蕾表演队，让王鹏翔大饱眼福。尤其是芭蕾表演队的表演，和正规比赛的花样游泳不同，他们把直径一米的橡胶球扔到水面上，踩着这些球来表演，个个如蜻蜓点水一般动作灵敏。

自从收到父亲的笔记之后，王鹏翔对各种特殊的人体技能便产生了强烈的好奇心。此番看到这样的表演，顿时目不转睛。那些优美的舞姿仿佛变成了虚拟三维影像。有时候他会闭上眼睛，在脑子里回放着其中的某个动作。这是他经常在 PET 里做实验养成的习惯。每想象一个动作，身体的相应部位就会发胀发热，跃跃欲试。

表演队的头牌名叫阿婕丽娜，曾经是一名体操运动员，加入过俄罗斯国家队,还拿过奥运会铜牌,退役后参加了这个表演队。体操和跳水艺出同门,阿婕丽娜很快就学会了这些花样动作。

说是退役队员,阿婕丽娜也才二十出头。她那完美的舞姿让王鹏翔大开眼界。就在这时,王鹏翔的手机响了,辅导老师何志浩打来电话,叫他马上去运动生理研究所,世界拳王塔尔琴科晚上就到。

"什么,他不是明天白天才来吗?"

"他的助理说是怕被公众认出来,要低调,所以选择晚上来。总之,你快回来准备仪器吧。"

当天晚上,一辆豪车驶进香港玛嘉烈医院,中文大学运动生理研究所在这里开设有专门的检查室。一个高大魁梧的白人汉子在一名司机、两个保镖的陪同下走进检查室。天色这么晚,这个汉子居然还戴着墨镜。他是世界拳击理事会重量级拳王、乌克兰高手塔尔琴科。今天他来到运动生理研究所,是想作一次微透析检查。因为神经传导递质分泌的问题,他感觉自己的右手总有些抖,怀疑是帕金森综合征的前兆。

选择晚上到访,也是为了避人耳目,竞技体育顶尖高手的身体状态就是商业秘密。到了塔尔琴科这个级别,一只手健康与否,就涉及几亿美金的流向!

王鹏翔被叫来,帮助何志浩调试仪器。看到那三个保镖围在塔尔琴科身边,王鹏翔不禁心中暗笑,私下里悄声对老师说:"老大,世界拳王还要雇保

镖？"

"那当然了，你以为拳王要自己打架？他的拳头可能比保镖的命都值钱。"何志浩说道，"再说，这些保镖还有一个本事，粉丝们围上来的时候，他们既要把人挡开，又得保持礼貌，呵呵。你不能让明星自己去拒绝粉丝吧。"

王鹏翔拿着试剂箱走出检查室，去准备试剂。人体神经元之间分泌有信息递质，作用极大，但是含量极低，只有用特殊试剂才能让它们显影，这便是王鹏翔要准备的东西。

在走廊上，一个戴着口罩的医生推着装满仪器的小车走了过来。这个人看上去有点特别，特别在哪里呢？这身穿戴在医院里肯定很平常。那么，特别在于……特别在于……

直到两人擦肩而过，王鹏翔忽然意识到，这个人的特别之处，在于他走路的姿势和肖亚玲非常相似。挺胸，抬头，步伐小而紧凑，节奏鲜明……这些细微之处说起来简单，平时还真没几个人能做到。

这是人类最标准的行走姿势！

思考让王鹏翔放慢了脚步，他来到电梯间门口时，听到后面传来打斗声。很轻微，好像只是有什么东西被打碎，或者有人摔倒在地，但这声音肯定不正常。王鹏翔侧耳细听，那声音持续着，就来自塔尔琴科所在的房间。

不好！王鹏翔脑子里突然升起这个念头。

那个医生模样的人走进检查室，保镖照规矩要对他进行检查。就在保镖把手伸到他胸前的片刻，他迅速把保镖的手扭到背后，朝着他的头上重重一击！

这些保镖都接受过严格训练，第一个保镖还没有摔倒在地，司机已经拿出对讲机，并且挡在世界冠军身前。第二个保镖从一侧扑上来。他使用了最简单的方法，双臂护在身前，用自己的体重撞击对方，或者把他压住。要迅速拦住刺杀者，决不能像电影里那样拳打脚踢耍个不停，这种不漂亮的法子才更有用。

当一个人的注意力集中到某个对象上时，会对周围的事物视而不见，这叫非注意视盲。所以专业保镖面对单个目标，都要争取一拥而上，令其首尾难顾。然而，他们面对的这个人曾经受过专门训练，把在两个对象间切换注意力的时间压缩到几十毫秒。这么短的时间里，对方根本没有任何人、任何动作可以逃过他的视线。

来人第一个动作完成后根本没有停止，左臂轻带，把撞过来的保镖顺势拉倒，右肩已经撞在司机前胸，把他刚刚拿出来的对讲机撞飞出去。这一撞十分沉重，司机倒在地上爬不起来。

第二个保镖被带得跟跟跄跄，但是还能保持重心，迅速站稳。可惜还没有转过身来，刺客手里的托盘已经重重砸在他的后脑上。

一秒到一点五秒之间，来人从门口开始，冲过几米的距离，打倒三名专业保镖，闪到世界冠军面前。就在这时，一阵烈风迎面扑到。塔尔琴科的右拳保持着 445 磅打击力量的世界纪录,如今危险在即,肾上腺素勃发,力量更不知增加了多少⋯⋯

然而这不是在拳击台上,没有任何规则可以保护拳王。来人迅速倒身于地,双腿绞住塔尔琴科的双脚,把他踢倒在地,然后再用双腿绞住他的右臂,狠狠地一转腰⋯⋯

折断世界拳王的右臂,让十天后就要进行的世界拳王争霸赛成为泡影,这就是古拉耶夫的任务。至于出钱邀请他干这一票的雇主能从赌盘上得到什么,古拉耶夫从来不问。他只是向对方索要了比平时更多的报酬,理由是这次任务比以前更困难。并非因为目标是世界拳王,塔尔琴科这样的专业运动员再来三四个,也不是他的对手。难的是这次任务只许把目标击伤,还要伤在特定部位上,这比直接干掉他困难得多。

当王鹏翔返回检测室时,古拉耶夫已经完成了他的使命。王鹏翔听到一声惨叫,只见世界拳王抱着胳膊正在地上翻滚,另外三个保镖倒在地上没了声息。

经过与绑匪一战,王鹏翔对应付突发事件已有心得。不及思考,他一个冲拳向古拉耶夫打过去。古拉耶夫的拳头也几乎同时发出,击向王鹏翔。

两个人同时大惊。古拉耶夫惊讶地发现,以自己的敏捷居然中了对方一拳,自己的拳头因此没有打到对方;王鹏翔惊讶的是,这一拳命中目标后,自己的手腕被震得生疼,而对手只是倒退了几步。

他们都来不及多想，马上扑上去，第二拳、第三拳……不停地相向而来。每次都是王鹏翔击中对方，每次都只是让古拉耶夫晃了几步。

此时，古拉耶夫进入这间屋子已经超过十秒钟。最先苏醒过来的保镖已经掏出对讲机准备报警。这么久还没有完成任务并离开现场，这已经大大低于他的职业水准，他不能再和这个人纠缠下去。

想到这里，古拉耶夫突然冲到王鹏翔的右边，王鹏翔下意识地右转身，古拉耶夫仍旧在向他的右边急转，砰砰两拳打在王鹏翔胸前，然后转身撞开玻璃窗，飞身跳到外面。

下手之前，古拉耶夫已经侦察好撤退路线。医院后墙年久失修，有个工程队刚把其中的一段拆掉，准备重新修补。钻出这段断墙，外面沿斜坡往下是一片老式建筑。低矮破旧，巷道狭窄。古拉耶夫几个箭步就来到小街中，边跑边脱掉医生的白大衣，里面只穿了件 T 恤。

穿过小街，古拉耶夫收住脚步，平稳住呼吸，把自己打扮成一个路人。他环顾四周，保安、警察一个都没出现，路人也没有注意到他。

但是古拉耶夫却没有脱离危险，那个不知来路的小伙子已经追到近前！

这是他职业生涯中第一次被人追赶得这么久。古拉耶夫不敢缠斗，闪身没入人群中。王鹏翔并未接受过跟踪训练，对方几个转身，王鹏翔就失去了他的影子。

一辆自卸卡车载着石块慢慢行驶在简易公路上。车身晃晃悠悠，仿佛闲庭信步，缓慢得让人想上去推它一把。然而，当汽车驶过一间工棚旁边时，它如此缓慢的原因才显示出来：仅仅是它的一只轮胎，直径就高过工棚的房顶！

不，这辆车行驶得根本就不慢，只是人们习惯了普通卡车的体量，对它的速度产生了错觉。这是全世界最大的车辆，重庆铁马集团制造的特种自卸卡车，载量达到五百五十吨。它唯一的使命就是在修筑水坝前给大江大河截流。十几辆这样的车装满石块投下去，就能锁住一条江。

王鹏翔坐在驾驶室里，手把着方向盘，他能感觉到手心沁出的汗水。屁股下面仿佛不是一辆车，而是一幢会移动的楼。边上走过来的工人就像上好发条的小玩偶。

车子辗过工地上的临时路段，向作业面驶去。前面，一辆同样大小的钢铁房子抛完石块，掉头驶回来。马上要会车了，可是……可是……王鹏翔找不准车身的宽度，他习惯开小汽车、皮卡，而不是这种钢铁巨兽。

王鹏翔稳住心神，将自己的车移向右侧，小心翼翼地与对方擦肩而过。忽然，他感觉车身轻微晃动起来，向右侧江面倾斜下去。江边工地上的路都是临时修建的，显然，它的边缘承受不住自卸卡车的重力，路面裂开了。

王鹏翔下意识地猛往回打方向盘，耳边响起一声轰鸣，车子剧烈抖动了一下，然后斜斜地停下来。它和对方另一侧的车尾部结实地撞在一起！

王鹏翔爬出驾驶室。不，他爬出了虚拟世界，站在虚拟实验室的地面上，摘下面罩，大口大口地喘着粗气。那一下撞击太真实了，令他感同身受。

王鹏翔正在帮助肖亚玲的快乐世界公司修订其最新版的"驾驶模拟系统"。打开这种软件，学员们套上压力传感服，戴好面罩和耳塞，就进入全仿真的驾驶室里。不仅可以听到、看到，最重要的是，可以从手和脚感觉到车子的控制系统，可以用身体感觉到车辆加减速、转弯、撞击、倾斜甚至翻倒。

当然，在这个系统上练习驾驶的成本，要比在驾校里使用模拟器训练贵得多，所以它不是给一般司机准备的。在这种虚拟系统里培训的学员，将来要去驾驶天然气压缩罐车、运送剧毒品的车辆、大件机械运输车、极地履带雪橇、坦克、导弹运输车，还有形形色色派特殊用处的车辆。

在虚拟世界里，王鹏翔已经把这些车辆都"开"了个遍，最后他问肖亚玲，世界上最大的车是什么，可不可以试试？于是，肖亚玲就把他送到特种自卸卡车的驾驶室里。

开车行驶在虚拟世界里一点儿也不轻松，由于太逼真，加上系统要么爱模拟危险环境，要么爱设计特殊环境，所以王鹏翔经常被搞得大汗淋漓。他在卫生间清洗完，换上衣服，肖亚玲正在外面等着他。

"警察局那里怎么样？还需要去协助调查吗？"

肖亚玲指的是刚刚发生的那起神秘事件。世界拳王在香港被偷袭致残，事件一发生，立刻轰动全球。但记者并没有挖到最重要的信息：有个男护士追踪凶手，一直跑到大街上才被甩开。

警方为了侦破此案，只是对媒体说有路人发现凶手，并且没有追到。但是他们对王鹏翔可没少讯问。他们之间如何搏斗？他是怎么追出去的？那个人长什么样？

"不用去了，我都做三遍笔录了。"王鹏翔最担心的不是别的，而是有人发现他的真实本领。情急之下出手，这还是绑架事件后的第一次。平时，他只是待在肖亚玲的实验室里，和虚拟世界中的"父亲"对练。

半年下来，肖亚玲已经将原来的程序升级。不光王轩以前留下的录像资料，世界各地格斗比赛的录像他们也可以随时输入电脑，转化成三维图像，再输入终极武术程序中。现在，虚拟世界中的王轩已经把拳击、摔跤、桑博式摔跤、正宗日本柔道、巴西柔道、空手道、跆拳道、散手等等世界上的各种功夫取长弃短，集于一身，成了一个现实中不可能存在的绝顶高手。

在这位电脑师傅隔三岔五的训练下，王鹏翔的格斗技术已经到了深不可测的程度。然而这显然还不够，昨天的经历给他树立了一座新的里程碑。"那个家伙不知道什么来历，我打中他好几次，他一点儿都没事。"

"哈哈，他一招就干掉了世界拳王，却被你追得满街跑，你还想怎么样？"

王鹏翔知道这是肖阿姨在开玩笑。那个凶手之所以逃跑，只是怕脱不了身。真要面对面格斗，他是否能有招架之功谁都说不准。在任海涛绑架案中，王鹏翔从一个菜鸟开始只学了几天，就能单人匹马干掉六个高手，这一战果曾经让他信心十足。现在他终于能体会到那句老话：一山更比一山高。

只是，他那两拳是怎么挨上的？王鹏翔百思不得其解。他向肖亚玲描述着当时的格斗过程，虽然这位肖阿姨根本没学过格斗，但她和父亲、和自己合作这么久，多少能提出点好建议来。

听明白了他叙述的过程，肖亚玲开始思考。

"怎么，您有答案了？"王鹏翔急切地问。

"不是答案，只是个猜测。不……好像不可能。"

"您觉得应该是什么？"

肖亚玲告诉他，人类有一种左强右弱的空间偏好，对出现在自己左面的物体距离判断得准，出现在右面的物体判断不准。甚至左撇子也是这样，并不因为是左利手，而在空间偏好上改成重右轻左。

或许，那个家伙就是利用这个原理，专门从王鹏翔的右侧发起进攻，才能屡屡得手。他们这种水平的高手，毫厘之差决定胜败。不过，空间偏好这种现象，只有专业心理学家才知道，一般人在生活中很少意识到。

"也许，这个人格斗经验很丰富，自己悟出来了呢？"

这个猜测无从考证，于是他们又去思考另外一个问题。这座高不可测的山，是从哪里冒出来的？"肖阿姨，我记得您说过，科学发展有自身的规律。终极武术即使我父亲没研究出来，世界上也会有人在最近几年把它研究出来？"

"怎么，你觉得这已经成了现实？"

"要不然，这个家伙是在哪里接受的训练？"

"我觉得，不妨把答案想得平常一些。比如，那家伙是某个国家的特种兵，秘密警察，或者世界级的格斗高手……"

说到这里，肖亚玲自己收了声。王鹏翔为了不暴露，从不参加任何格斗类比赛，连业余比赛都不去碰。他确实没会过世界水平的高手。但是，塔尔琴科不就是个世界级的高手吗？在那个神秘人手下过不了一招。如果真有这么个超级厉害的格斗训练团队，她应该做什么呢？是调查它，研究更高水平的格斗术，还是约束着这个孩子别去惹是生非？

想来想去，思路最后还是回归到她一直担心的那个问题。就凭他们两个普通人，保护着这么一个惊世秘密，这样做是否妥当？王鹏翔不是蜘蛛侠，他不能把秘密藏在自己身体里。只要放在世界的某个地方，它总有被偷、被抢的可能性。

王鹏翔不知道肖阿姨在想什么，他仍然在思考自己为什么没能击倒对方。一句武术口诀闪现在他脑子里，这句口诀被武术界当成原则性纲领——"练拳不练功，到老一场空"。是的，自己通过虚拟现实技术做练习，最多只能掌握技术动作，属于"拳"的范围；而"功"则属于体能范围，并不能三天两夜就有明显提高。

再回想废厂房里那一夜，任海涛那几个人也算是高手，但体能并不太厉害,才被自己以超强的技术屡屡击倒。即使如此,单纯比力气的话,他也不是当初任何一个人的对手,技巧给了他制胜的基础。

"肖阿姨,我爸爸还记录过好多民间练功方法,您为什么不研究呢?也许这才是答案,我的技术动作不比那个人差,只是功夫比他差很远。"

这句话把肖亚玲逗笑了:"算下来,你也在大学里学了半年真正的科学,应该知道科学和民间传说有区别吧?"

"噢……"

"你爸爸记录的那些拳术,我能拿来做研究,并不是因为他写得很漂亮,而是他交给我一堆录像资料。这东西可以检验,可以分析,可以量化,可以输入计算机整理。而他记录的功夫资料却都是文字,很少有录像,远没有这么客观。搞科学,首先要眼见为实,文字最多是参考资料。何况古人没有现代人的科学头脑,他们写东西经常夸大其词。"

古谚有云:"练拳不练功,到老一场空。"所有武师在练拳的同时,肯定也要锻炼自己的体能。作为资料收集工作的一部分,王轩也拍摄过一些拳师练功的录像。可分析下来,无非是如何让人力气更大,抗击打能力更强,或者跳得更高,跑得更快。和现代化的军人、警察、运动员的体能训练相比,这些土法训练并无过人之处。

还有一些纯粹是江湖卖艺的手段,比如胸前碎石,钞票断棍,口吐火球之类,不光中国有人练,外国不少杂耍艺人也会。

另有一类传说中的武功，其实是清末民国初武侠小说家的虚构。1949年后有段时间，大陆取缔这些作品。结果，小说家虚拟的武功反而成了江湖传说。

还有一些武功，不管是否存在都不具有合理性。比如，王轩曾经记录过一种"井拳功"，练习者站在井沿上，凭空去打击井水。据说此功练到高深之处，每出一拳，下面的井水就会波涛翻滚。

然而，不管能否达到这个效果，这种垂直打向地面的动作，与平行打向对手的动作，所调动的肌肉群完全不同，根本没有实战价值。

听了肖亚玲的总结，王鹏翔礼貌地点点头，却没有接受她的主张。也许这是每个男孩子心里的梦，如果真有那些奇功异术该有多好啊，他轻易不会放弃这个梦想。

第三章

隐士

没有任何媒体曝出塔尔琴科遇袭的真相，赛事主办方严密封锁消息，只宣称世界拳王突发肾病入院，争霸赛无奈取消。

所以，做完这单生意后，古拉耶夫就把自己隐在香港人群中。一个没有入境记录的外国人，作案时又把面孔捂得严严实实，他相信自己不会被认出来。即便如此，他每次从小旅馆出去，还是要耐心花一小时化装，突出欧洲人的面孔特点，减少高加索人的特点，尽量避免看起来像亚洲人。即使有人看到他前几天那张脸，也不会联想到眼前的他。

三十年前，古拉耶夫能够入选"白狐"，这张容易变幻的脸很重要。

古拉耶夫来到街对面，走进一家不起眼的自助餐厅。他只吃生菜，水煮鸡蛋,喝白水。最多在盛到盘子里的菜上洒不超过一克的盐,并且不放任何其他调味品。

照这样吃了几顿饭后,饭店老板注意到这位奇怪的客人,友好地走过来,询问他是否是教徒?在饮食上有什么忌讳?店家可以单独做些菜来供应。古拉耶夫友好地谢绝了。饮食算是他外出时的难关,为保持超级灵敏的嗅觉和味觉,他的禁忌范围超过专业品酒师和闻香师。

按照约定,古拉耶夫要在香港隐居十天。等警察放松搜捕后,他来到大屿山附近的一处渔村,寻找到当地的联系人——那是个专以偷渡为营生的渔民。古拉耶夫的老板付了大价钱,条件是不和任何人同路,单独为他安排一条船出境。古拉耶夫不能再走机场,他在启德机场混不到停机坪上。

古拉耶夫找到联系人,对方没带他上船,却把他送到海边。那里停着一辆刺眼的"布加迪威龙",两旁站着两个白人保镖。只有一个人可以改变他的行程,古拉耶夫只能和这个人面对面联系,或者通过信使。可这个人并不喜欢奢华,那么,这是一个高调的信使?

车子里坐着一个年轻白人,从头到脚一身名牌,足值百万美元。不过,他看到古拉耶夫时的目光里却充满恭敬。这是鲍里斯·诺维科夫,一个俄罗斯亿万富翁的儿子。

"前辈,大师让我带话给您。佩舍夫就藏在香港大屿山地区,清水围村主道三十九号,二楼。请按这个地址找到他,问出谢尔盖的下落!"

言简意赅，符合口头信使的习惯。本·拉登的信使骑着毛驴在山里转，眼前这个信使开着豪车满世界跑，但他们都保持了信使的好习惯。

古拉耶夫看看车外面的两个人，他们身材魁梧，站得笔直，盯着不同的方向保持着警戒。很专业，但也很平常。

"只有我去？大师没让你来配合？"

"前辈，我来香港是度假的。"鲍里斯指指自己的衣服，拍拍方向盘。

古拉耶夫明白，以鲍里斯的身份，不能出现在那种小地方。"大屿山，清水围村，主道，三十九号，二楼？"古拉耶夫重复了一遍。看着鲍里斯点了头，他就离开了车子。

不能留下一条短信，一封电子邮件，一张纸片，在他们这个团队里，最重要的信息都靠口口相传。

两个保镖回到车里，鲍里斯开着豪车，一溜烟走了。古拉耶夫环顾四周。巧了，那个地方就在这附近。

什么叫真正的国际大都市？如果一个外国人匆匆走过街头巷尾，周围没人多看他一眼，这就是标准的国际大都市。而香港成为这样的城市，已经超过了一百年。

现在，身材小巧的阿婕丽娜背着不起眼的小包，进入大屿山附近的渔村。喝茶的阿伯，打麻将的阿婆，聊天的小媳妇，大家都没多看她几眼。

说是渔村，这里早就建起不少四五层的小楼。只不过都是渔民自建，缺乏整体规划，把巷子搞得七拐八弯。就是这样的地方，也夹杂着住进一些外国人。当然，这些人都是各国草根，想找个没人认出自己的地方隐居起来，或者躲避债务。阿婕丽娜走走停停，不时拿出一个地址向当地人询问着。她的英语很蹩脚，中文更差劲。

终于，阿婕丽娜找到一幢老旧的居民楼，爬上二楼，敲响一扇门。里面的人用英语问了句话，阿婕丽娜直接用俄语回答，声音急促中带着激动："佩舍夫大叔吗？我是阿婕丽娜，谢尔盖是我父亲！"

门猛地被拉开，随之冒出来一股酒气，夹杂着腐烂食物的酸味。阿婕丽娜面前站着个五十多岁的白人汉子，个矮体胖，看起来像只陀螺。多年饮酒，让他皮肤松弛，鼻头发红，只有一双眼睛里冒出精明的光芒，隐约透露出他过去的身份。

"佩舍夫大叔，妈妈带我找过您，那时候我已经记事儿了。"

"天啊，真是谢尔盖的女儿！"佩舍夫激动地把她让进去。上次见面时阿婕丽娜才五岁，不过佩舍夫在当年受训时学过面孔识别术，他可以把人脸分解成几十个部分排列组合。眼前这个女孩和谢尔盖年轻时的脸形极度相似，除去那一头长发。

"你来找你爸爸？"还没等阿婕丽娜开口，佩舍夫就猜出她的来意，"是你妈妈告诉你的？"

"是的,我父亲修炼的地方,就是那个……'西伯利亚修道院',上次您没有告诉妈妈它在哪里,说是有危险。现在过了十几年,如果有什么危险,应该早就过去了吧?您可不可以告诉我?"

佩舍夫坐下来,陷入长久的回忆中。当年他主动和谢尔盖一起,试图挑战"白狐"计划里最后的难关。三年后佩舍夫退却了,那不是人能干成的事。而且他一退千里,连当年养成的良好习惯都不再保持。大吃大喝,放纵欲望,弥补当年苦行僧般训练中失去的享乐。

但是佩舍夫知道,谢尔盖还在那里,他已经迷上了"修道院"的环境,迷上了做一只"白狐"的奇妙感受。

"你是他女儿,你来找他,我没有理由拒绝你,但你要有思想准备。"佩舍夫表情严肃地说道。

"您是指……哪方面的思想准备?"阿婕丽娜心里打了个哆嗦,难道父亲死了?残疾了?疯了?

"你父亲,他已经……怎么说呢?他已经进入了某种……某种境界。进入那种精神状态后,他愿不愿意接受你这个女儿,我可不好说……对了,你母亲还好吗?"

"还好吧,嫁了远东地区的一个小官,她没时间管我。"

"她有没有告诉你,谢尔盖当年为什么离开你们?"

这话让阿婕丽娜流下了眼泪:"妈妈说她不知道,完全猜不出原因。直到前不久她才告诉我,也许您这里有答案。"

佩舍夫在小屋子里转了几圈,一拍大腿:"好吧,你是斯皮尔金家的种,我相信你心理素质好。他就在西伯利亚,在萨哈共和国,奥廖克明斯克附近一个报废的军事基地。我们曾经把那里当成'西伯利亚修道院'。"

"怎么是个军事基地?不是真的修道院?"

"'西伯利亚修道院'只是计划中使用的代号。你爷爷当年制订的训练计划,最后一个阶段,要找远离人烟的地方训练,西伯利亚的环境最适合,所以你爷爷就起了这么个名字。也就是说,不管我们最后选定哪里,那里就是'西伯利亚修道院'。"

"他现在还在那里?都二十年了,他还没有完成修炼吗?"

"我们能保持……保持某种特殊的联系,所以我知道他现在还在那里。至少上个月还在。他把那儿当成自己的家。至于他的修炼,应该早就完成了。他还不离开那儿,只能说明他……"

这间屋子本来不大,门还虚掩着。但是房间里却凭空多出一个人,同时,门仍然虚掩着。如果这个人不是鬼魂的话,那么就是他打开了门、走进来、再关上门,站到他们身边。所有这些动作都轻得没人听到。

佩舍夫立刻收住话头,阿婕丽娜也看到那个人,虽然吃惊,但只是捂了一下嘴,没有叫出声。她虽然没有受过特种部队的训练,但继承了父亲过硬的心理素质。

　　来人正是古拉耶夫,他走到桌旁,拿起半空的酒瓶,鄙夷地闻了闻:"老兄,你就这样糟蹋师傅开发出来的天赋?这小姑娘的爷爷为你付出了多少心血?瞧瞧,都浪费了。我已经走到这里你才发现,这哪儿还是只'白狐'?再瞧瞧你这个身材,啧啧……"

　　当年进入那支特种部队的人,其中一个条件就是身高不许超过一米六五,不能矮于一米六。斯皮尔金并非要寻找大力士,只有在这个身高段上,神经回路才能足够迅捷,又能够使用各种制式武器。然而以这样矮小的身高,如果不约束饮食的话,很快就会像气球那样膨胀起来。

　　"我想当个普通人,前半辈子受够了罪,后半辈子要弥补回来。"佩舍夫东拉西扯,同时警惕地盯着对方,把距离保持在一大步加上一只胳膊的范围之外。即使对方突然袭击,他仍能够避开。

　　"如果你正确使用前半生留下的遗产,那些辛苦就只是付出的成本。像你这样把它浪费掉,前半生才算是白受了罪。"古拉耶夫又拿起一盘食物,闻了闻就扔下,"这些垃圾食物的味道,也值得你用天才的味觉感受能力去交换?当年每次味觉测试,你都能进入前三名。"

　　"你来找我,不会是为了嘲笑我的吧?"

　　"当然,我也来找她的父亲,我们的师兄。"古拉耶夫指指阿婕丽娜,这意味着他已经在外面偷听半天了,知道了这个女孩的身份。

　　"是科查夫叫你来的?"

古拉耶夫点点头："看来你并没有脱离现实啊，还知道科查夫今天在做什么。"

"他为什么找谢尔盖？还记得当年的仇恨？"

"不不不，科查夫是做大事的人，当年那些小事算不了什么。"古拉耶夫摇晃着手指，"世上只有一个人完成了'白狐'训练的全部课程，我们这些俗人当然想开开眼，看看那会是什么奇迹。佩舍夫，能帮助我们和他见个面吗？"

"你们放过他吧，谢尔盖不想让任何人知道他现在的状态。他成了'白狐'，但那对他来说不是什么超强的作战技能，那就是他现在的生活方式。所以，他对科查夫来说不会有什么用。"

"有没有用，还是找到他再说吧。你不放心什么？我们既然要看到'白狐'计划的最终成果，谢尔盖当然不会有危险。大师兄只是请他出山去表演表演……"

就在这时，一旁的阿婕丽娜突然高高跃起，抢起酒瓶狠狠向古拉耶夫的后脑砸下来。她既不认识古拉耶夫，也不知道什么科查夫。但她从眼前这两个人的对话中听出了玄机，从他们的表情里看到了危险。古拉耶夫保证不伤害父亲，这是什么意思？只能说明他们这些人经常伤害别人！佩舍夫大叔虚与委蛇，正是想保护她父亲。

对，就是这么回事。

念头一转到这里，阿婕丽娜的动作跟着就迸发出来。屋子只有几平方米，神秘来人又完全不在意她，阿婕丽娜相信自己可以成功。

佩舍夫刚刚见到这个女孩子，被她那娇小的体型迷惑了，丝毫没想到她会如此果断和凶狠。但并不是靠发狠就能成功，他们面对的是古拉耶夫，当年"白狐"突击队里综合成绩排名第三的高手。

看到阿婕丽娜不和自己商量就动手，佩舍夫只好大喊一声，从正面冲上去，像一只熊朝着古拉耶夫环抱上去。

瓶子还没有命中目标，阿婕丽娜整个人就如腾云驾雾般飞了出去，后背撞碎半扇窗子，另一部分身体撞在窗边的墙上，随后扑倒在地上。凭着技巧型运动员的天赋，阿婕丽娜落地之际迅速翻滚起身。站稳后，骨骼和内脏的痛感才传导到大脑里。

那边，佩舍夫一只手拖住古拉耶夫的腿，另一只手抱住他的腰。这等无赖打法简直丢"白狐"突击队员的脸，不过现在却是最管用的。佩舍夫身体粗胖，只有靠体重才能把对方缠住。

"你不是他的对手，快走！"

阿婕丽娜知道自己留在这里，佩舍夫大叔会更危险。念头一转，她的身体已经飞出窗外，一个侧空翻，落到一层地面上。阿婕丽娜发足狂奔，一口气跑了一百多米才停下来。她每天坚持训练，体能并不亚于当年获得奥运会季军之时。不过她却不熟悉周围的环境，等停下来才发现，自己跑上了一道大堤，前面就是海水,她必须退回去才能走上大路。

此时天色已黑,佩舍夫住的地方响起了嘈杂的人声。邻居们报了警?还是帮着佩舍夫大叔赶走了敌人?或者,看到有许多人围上来,神秘人自动消失了?

就在她犹豫间,一道黑影闪现在几米外,和刚才一样,她仍然没发现古拉耶夫是怎么现身的。

"你……大叔现在怎么样啦?"阿婕丽娜心中一沉。她这才真切地意识到,这不是游戏,也不是普通人的生活,父亲是个经常和死神打交道的人,他所认识的人也绝非善类。

"你为什么要找你父亲?"古拉耶夫没回答她的问题,反问道,"他根本就没出现在你生活中,为什么想起要找他?"

看来,这群人对父亲的过去了如指掌,却不清楚他的现在。为什么要找他?为什么?谁不想知道自己亲生父亲的样子?阿婕丽娜悲从心来,声音里拖着哭腔:"这和你没关系!"

"如果你晚几天来,没碰到我,那就没关系了,但现在不行。"

话音一落,古拉耶夫就扑了上来,完全没有声音,好似一道没有质量的影子。但是他的猎物也不是普通人,她身上流着谢尔盖的血,又接受过世界水平的体操训练。阿婕丽娜早就看好退路,一个跟斗翻到下面一层水泥路面上。

这里没有别人,只有水坝、水泥路面,还有几艘废弃的渔船。阿婕丽娜专挑有障碍物的地方跑。翻栏杆,跳船舷,从一个台阶翻到另一个台阶。凭借多年在高低杠和木马上练出的身手，她想用这种方法摆脱追兵。不能说一点效果也没有，但也只是没让古拉耶夫立刻把她抓住。两个人就像兔子和猎犬，在海滩边翻来跃去。

近了，更近了，"猎犬"向阿婕丽娜的后背伸出了大手……

不，这里还有一个人！离得这么近自己才发觉，这不对头。古拉耶夫立刻收势，转身，摆出防守姿势，一个身影已经凌厉地袭到他的身前，左右连环，啪啪啪几拳打来。尽管古拉耶夫连连后退，但那套组合拳却招招命中。

不过，这份击打力量对于古拉耶夫来说，只是比隔靴搔痒重一些。古拉耶夫生硬地抗了几招，等对方势头用尽，一记凶狠的刺拳打了过去。

他没有打中！

于是，古拉耶夫知道这个对手是谁了。不用看清对方的脸，只需要看清他的动作，古拉耶夫就知道自己再次遇到了那个难缠的主儿。

对手发现他，也是因为同样的原因。古拉耶夫这次上街之前，同样刻意化了装，再加上在医院袭击拳王时戴着口罩，根本不担心会被人认出来。来这里的路上，王鹏翔碰巧在几十米外看到了他。王鹏翔不可能认出他的脸，却认出了他的动作！

自从练习终极武术以后，王鹏翔满脑子都是动作、动作、动作……他甚至养成了习惯，看到别人做出比较灵巧的动作，哪怕只是踢毽子，抖空竹，脑子里就会不由自主地想着这个动作该怎么分解，怎么组合。甚至时不时，那些做动

作的人会在他脑子里幻化成虚拟三维数字人像，变化演示着动作要领。

后来，何志浩又教王鹏翔进行念动训练，在脑子里想象各种复杂动作，这成了他的职业习惯。

这种对动作的感觉完全无法用语言说出来，但王鹏翔确实已经体察到每个人不同的动作特点。别人能从一张脸上认出一个人，他却能从每个人的特殊动作里认出一个人。这样，即使对方侧脸、背身，他也能准确地识别出对方。

就这样，王鹏翔一路跟踪古拉耶夫来到大屿山，越看越认定他就是出现在医院里的神秘人。

王鹏翔那几拳几脚，并未对古拉耶夫的身体造成什么伤害，但却给他的内心带来了恐慌。十天之内再次遇到这个劲敌，他到底是个什么人？为什么会在香港？为什么会出现在自己面前？古拉耶夫不怕别的，最怕暴露自己的身份。眼看已经无法干掉阿婕丽娜，古拉耶夫以进为退，凶狠的几拳挥出之后，转身向青铜大佛方向跑去。

王鹏翔没有追赶，虽然也很想解开这个神秘人的来历，但眼前这个女孩子受没受伤，才是他更应该关心的。"你怎么样……"王鹏翔跑到阿婕丽娜面前，关切地望着她。

没想到，后者却用警惕的目光盯着他："你是谁？"

"我……路过这里，看到他在攻击你……"两个人都不以英语为母语，交流时磕磕绊绊。相比之下，王鹏翔的英文说得还利索一些。

"不，你不是个简单的人！"阿婕丽娜指着古拉耶夫消失的方向，"街面上的普通男人，他可以同时干掉十几个。"

"我……你看……我是个中国人，学过一点武术。"

"武术？算了吧，那对他什么用也没有！我想，这点你也清楚吧？"

是的，王鹏翔完全清楚，世界拳王在那个人面前都是小菜一碟。不过他该怎么回答呢？这是他和肖亚玲共同守护的重大秘密，连他的父母都没有告诉，更何况一个陌生的外国人。

想了想，王鹏翔决定转移话题："阿婕丽娜小姐，你受伤了吗？要不，我送你回海洋公园？你的团队就在那里。"

"你怎么认识我？"阿婕丽娜更怀疑对方的身份了，"你是香港警察？便衣？不，你的年纪好像不够。"

"我看过你表演啊，你不是在花样跳水表演队吗？"

直到此时，阿婕丽娜的神经一直绷得紧紧的，不过现在，这个中国小伙子的话让她回到现实中。一路上，她拿着照片和地址，问了许多当地人。现在如果佩舍夫出了事，警察去询问他家周围的人的话，她逃不了干系。这可是在外国领土上，涉及命案，麻烦大得很。

好像是为了加剧阿婕丽娜的担心，远处有几辆警车驶过来。看那方向，正是奔着佩舍夫隐居的地方开过去。"不管你是谁，能先找个地方，让我借住一个晚上吗？"阿婕丽娜本能地抓住王鹏翔的胳膊。

"哦……好的,那就回我的学校吧。"

"去学生宿舍?"

"不,那里有家庭旅馆,为学生家长服务的。"

 看到王鹏翔带了个衣衫不整的外国女孩来开房,家庭旅馆的主人见怪不怪,径直把他们带到一套摆着双人床的房间里。王鹏翔红着脸,请他换一套有两个单人床的房间。

"你们还需要什么吗?"临走时,房东问了一句。

"一些创可贴,其他的不需要了,谢谢。"

房东摇了摇头。深更半夜,孤男寡女,只要几块创可贴?

关上房门,王鹏翔提议给阿婕丽娜检查一下身体。从一个顶级高手手下逃生,高度紧绷的神经放松下来后,疼痛开始侵袭阿婕丽娜。她捂着肋部,在床上缩成一团,头上渗出汗滴。手边没有仪器,但王鹏翔学过简单的急救,触诊后他断定,阿婕丽娜的肋骨轻则骨裂,重则折断。

"还有后背,麻烦你看一下……"

疼痛让阿婕丽娜顾不上害羞。王鹏翔掀起她的衣服,看到后背上有几处瘀伤,那是她撞到墙上造成的。幸亏佩舍夫及时出手干扰,让古拉耶夫留了一半的力,否则现在她就不是躺在床上,而是躺在停尸间里了。

"这个……我不敢确定是什么伤,弄不好有内出血,我得送你去医院检查。"

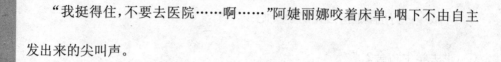

"我挺得住,不要去医院……啊……"阿婕丽娜咬着床单,咽下不由自主发出来的尖叫声。

"这不是能否挺住的问题。肋骨如果断裂会伤及内脏,必须检查才行。"

"朋友,你能看得出来,我惹了麻烦,不想被这里的警察知道。"看到王鹏翔脸上的疑问,阿婕丽娜又补充了一句,"我没犯罪,但有些事和外国警察讲不清楚。"

"好吧,我理解。你以前是俄罗斯国家队队员嘛,我想肯定也不会犯罪。"王鹏翔扶她躺好,然后到附近药店买了些止痛片,带回来给阿婕丽娜止痛。姑娘身上有些划伤,还在逃跑时擦了不少泥土。因为肋部受伤,痛得不能自己洗澡。王鹏翔用湿毛巾给她擦拭了身体。

在运动生理学系,王鹏翔给何志浩这些导师们打下手,服务于世界顶级运动员,经常做一些护士要干的活。现在躺在床上的,就是一位退役的世界顶尖运动员。这让他仿佛回到了体检室里。

阿婕丽娜在运动生涯里经历过多次骨折和手术。凭借内部传来的痛觉,她断定自己身无大碍,下决心不惹麻烦。不过,眼前这个人究竟是谁呢?"你还不到二十岁吧?应该不会是中国政府的人吧?"

"我还不到十九岁。当然不是政府的人。呵呵,你是俄国政府的人吗?你以前是俄罗斯国家队队员。"

"退役后就不是了。我是说,你既然不是中国政府的人,怎么会有这么一

身功夫？"

解释了一下后王鹏翔才明白，阿婕丽娜所说的"中国政府的人"，其实是指军队、警察这些权力部门。"练点功夫，不一定非要进入军队或当警察。你知道，我国到处都有武术门派。"

阿婕丽娜很失望，看来这个人想要保守的秘密，甚至不亚于自己想要追查的那个。"你在骗我。世界上任何民间武术团体，都不会教出你这样的功夫！"

这句话一半正确，一半错误。世界上任何民间武术团体确实都达不到这个水准，但王鹏翔确实也不是中国政府训练出来的。不过，中国警方一直没搞清的事，这个外国女孩为什么就能斩钉截铁地下结论？

一个念头转过来，王鹏翔顿时大骇。肖亚玲曾经和他讨论过这个问题。科学发展到一定阶段，某些成果必然会出现，不诞生在这个国家，就诞生在那个国家。前后差不了十几年，甚至只有几年，几个月。

难道，这个推测已经成了现实，世界上还有人搞出了终极武术？

"中国朋友，感谢你救了我。如果我说出我的来历，你也能说出你的秘密吗？"阿婕丽娜决心坦诚相待。她要做的事，就连母亲都不支持，现在又有强敌环伺，甚至因此威胁她的生命。她不能单枪匹马去冒险，需要别人的帮助。想来想去，她决心以诚意换诚意。

于是，用结结巴巴的英语、中文，加上手势，阿婕丽娜给王鹏翔讲了自己的故事。

第四章

往事

阿婕丽娜的故事得从 20 世纪 80 年代末讲起。当时，苏联濒临解体，境内烽烟四起，民族冲突不断。阿塞拜疆人和亚美尼亚人为了争夺纳卡地区，也开始大打出手。为了武装自己，他们经常冲击附近苏联军队的武器库，抢夺武器。

当时，纳卡地区有苏联科学院的一个地震研究所，阿婕丽娜的外祖父是所长，他在这里工作多年，还把妻子和女儿接来同住。不知怎的，当地人谣传这间研究所是苏联秘密武器实验室，里面藏着大杀器，威力不亚于原子弹。结果一群武装暴徒携枪冲进研究所，绑架所长以及他的同事和家人，命令他交出秘密武器。

老所长自然没有东西可交,就在性命攸关之际,一个三十岁上下的年轻人冲了进来,他夺走歹徒手里的突击步枪,把它当成武器。不,不是用它来开火,而是把弹夹退掉,用枪身当武器,打翻室内所有暴徒,带着人质驾驶卡车逃了出去。

到了安全地点后,年轻人告诉这群惊弓之鸟,自己叫谢尔盖·亚历山大·斯皮尔金,是苏联内务部的执法人员,负责把他们接出战乱地区。因为没经过司法审判,他不能随便杀人,只好用硬功夫来对付歹徒,解救人质。

谢尔盖带着这群人翻山越岭回到俄罗斯,也因此和阿婕丽娜的母亲、研究所所长的女儿伊丽娜产生了感情。当时她只有二十出头,谢尔盖很爱这个女孩,但他从不说自己的工作性质。伊丽娜的父亲不愿意女儿嫁给一个克格勃,坚决反对她的婚事。

即使与热恋的女友相处,谢尔盖仍然保持着一些奇怪的生活习惯。除了一点点盐,他不碰任何调味品。不光不像许多俄罗斯人那样酗酒,甚至不碰各种有味道的饮料,只喝白水。这让伊丽娜很难给情人做饭,所以两个人一直分餐。

谢尔盖睡觉的方式也很另类,他不睡软床垫,只睡硬床板。他甚至会将几把椅子拼起来,组成一张窄窄的床,和衣而卧。谢尔盖告诉情人,这是他在部队受过的训练,为的是在战场上条件不足时,躺在装甲运兵车里酣然入睡。久而久之成为习惯。结果,每次亲热之后,谢尔盖会搂着情人让她入睡,再跳下床去搭自己的铺位。

伊丽娜见过谢尔盖的父亲，亚历山大·斯皮尔金，他的公开身份是莫斯科大学心理学院教授。这位老先生发现儿子恋爱后，二话不说，直接否定掉这门婚事。谢尔盖告诉情人，这和她本人的性格、品德都无关，只是因为她是外人。父亲为克格勃做秘密工作，担心儿子和外人生活在一起，会暴露重要的国家机密。

伊丽娜表示，自己只是爱他这个人，对国家机密毫无兴趣。但这无济于事，老教授有自己的逻辑。

后来，伊丽娜怀孕了。小女孩出生之时，也是苏联解体之际。克格勃被叶利钦政府肢解成几个部门。谢尔盖前途未卜，心情坏得很，经常和伊丽娜吵架。孩子出生前不久，谢尔盖突然失踪，没留下一句话，一张纸。

伊丽娜很怀念他们在一起的时光，坚持把孩子生了下来。为了找到谢尔盖，她经常走访俄罗斯情报部门，唯一准确的消息，是谢尔盖属于代号"白狐"的秘密部队，而该组织在苏联解体后就解散了。斯皮尔金教授根本不愿意见这个有可能成为他的儿媳的女人，只是在电话里告诉她，谢尔盖有自己的任务。

有情报人员悄悄对伊丽娜说，谢尔盖就职的部门级别很高，即使有什么事，也轻易不会向外界透露。更有人猜测，谢尔盖作为"储备间谍"已经隐身起来。伊丽娜的错误就在于爱上一个情报人员，他不可能给她一个稳定的家。

所谓"储备间谍"，是在克勃格解体后，它的前高官们做的一项秘密安排。此举让一些重要特工进入其他政府部门、企业和社会团体任职，私下里仍然秘密和情报组织保持联系，以备将来发挥用途。谢尔盖很可能是这群人中的一个。

左寻右找，五年以后，伊丽娜找到了佩舍夫——谢尔盖在"白狐"部队里的同事。佩舍夫明确告诉她，谢尔盖还活着，而且没有危险，但不希望她再去寻找。佩舍夫不方便说出谢尔盖现在的位置，只是告诉她，谢尔盖现在近似于僧侣，远离人间，不问世事。只不过他没加入任何公开的宗教团体，"白狐"就是他的宗教。

这让伊丽娜彻底死了心。恋爱的时候，谢尔盖身上就表现出某些苦行僧的特点。除了和情人的片刻欢愉，简直没有任何物质享受。当时她把这个看成优点，认为谢尔盖不俗气。现在伊丽娜明白，他可能就是想做苦行僧。离开自己的原因，只是为了舍掉最后一点尘世的欲望。

对于外人来说，宗教徒会显得很高尚。但对于他们的亲人来说，格格不入的生活就是一种折磨。伊丽娜死了心，后来又嫁了人。女儿长大后，却对没见过面的父亲异常向往，缠着母亲打听他的下落。慢慢地，阿婕丽娜心目中形成了一个猜测：父亲正隐伏在世界的某个角落里，执行着某个神奇的任务。她可以找到他，也应该找到他。

连比画带说，阿婕丽娜讲完了这个漫长的故事，天色已经放亮。王鹏翔久久没有说话，他仿佛听到了自己的故事，只不过是个俄罗斯版，而且背景更为宏大。王鹏翔开始给阿婕丽娜讲自己的往事，同样让这个金发姑娘瞪圆了眼睛。她甚至有些怀疑，王鹏翔是不是听完她的经历后，再编个故事来消遣她。

为了让阿婕丽娜相信自己，王鹏翔甚至讲出了终极武术的秘密。不料，这个惊人的秘密却根本没把阿婕丽娜吓住。"我相信你说的这个东西很厉害，不过听妈妈说，'白狐'才是世界上最厉害的格斗术。"

"白狐？它也是格斗术？你不是说，那是特种部队的名字吗？"

"两者都是。根据妈妈掌握的情况，入选'白狐'的所有人，都要接受名叫'白狐'的训练计划。反过来，组成这个部队，就是为了试验'白狐'这种训练计划能否成功，所以它们是一回事。"

王鹏翔承认，自己对俄国和苏联没有什么了解。但是，苏联人制造过好多飞机大炮、导弹核弹，这却谁都知道。拥有这么多武器，还需要专门训练什么格斗术吗？这让王鹏翔大为好奇："听着好像是某种国家机密啊。"

"只是苏联的国家机密，现在没人在乎了。"女孩的声音里带着些许的沧桑感。

两个人的身世还有一点不同，王鹏翔经常能见到父亲的真身，只是在父亲去世后，才深入到他的精神世界当中。阿婕丽娜干脆什么都没看到过，父亲只是若干人描述出来的形象。

"不过，也许你父亲死在战场上了呢。"话一出口，王鹏翔发现自己有点冒犯，"我是说，这些年你们国家一直在打仗，他又是吃这碗饭的人。"

"佩舍夫大叔对此很肯定。他说,我爸爸不光没上战场,苏联解体时就退役了。他不愿意自己的一身本事用于战争。"

"那,这可有点不可思议了。你们俄罗斯虽然这些年一直有点乱,但警察找个失踪的人,还是能找到吧?"

"你没明白我的意思,我父亲不是在哪里出了事。他是不愿意见世人,躲在某个角落里。"

"躲起来?在一个现代社会里能躲起来?"

"哈哈……"阿婕丽娜笑了,因为笑牵动腹肌,又痛得咧开了嘴,"……你们……你们外国人总是无法理解俄罗斯的辽阔。我给你讲个故事,我哥哥……对了,是我养父的儿子……他在阿穆尔州当一个小公务员。有一次他和同事出去巡察土地使用状况,结果在偏远地方发现了一户中国人,已经在那里住了五年,开垦出几十亩地,以给当地人种蔬菜为生。他们什么手续也没有,当地根本没有官员去查。"

"后来这户中国人呢?你哥哥把他们遣送回国了?"

"没有,他们才不管这些闲事呢。这户中国人送给他们一卡车新鲜蔬菜,大家一分,OK。所以你知道了吧?我们的土地太辽阔,很多地方没人管的。特别在远东有些地方,一平方公里见不到一个人,你想,藏个人有多容易。关键是,他为什么要藏。"

半年前,王鹏翔游历大江南北,也曾经感慨祖国幅员之辽阔。他曾经看着那些山峰想，如果有人藏在这里面，肯定不容易被找出来。不过他当时就否定了自己的想法。现在，同样的理由也让他质疑这位神秘的谢尔盖的命运。

"一个人生活在现代社会，他要买东西，要用电，要开车，要刷卡，总会现形的。就像你说的那家中国人，只要和外界交换东西，早晚会被发现。"

"我想……我爸爸可能不需要这些！这就是他能在人间蒸发的原因。"

王鹏翔不说话了。直觉告诉他，阿婕丽娜的父亲，比自己的父亲更为复杂。他决定去找找肖阿姨，让她参谋参谋。

天光放亮，王鹏翔买了些快餐做早点，他们边吃边看电视新闻。王鹏翔忽然又想起阿婕丽娜描述的谢尔盖，以及他那些古怪的生活习惯。"你是说，谢尔盖先生不睡床垫？"

"是啊，他对我妈妈说过，他们部队有个口号：战场上没有钢丝床！练习这样睡，就是准备在野外环境里生存。怎么？你好像想起了什么？"

王鹏翔告诉她，这个奇怪的睡眠法让他联想到中国古代的一门功夫，它就叫"睡功"，是"少林七十二艺"中的一种。据说少林武僧必须睡硬板床，而且随着功夫的加深，床板宽度越换越窄，最后要在农村那种长条板凳上睡觉。传说中睡功高超者，可以在一条扁担上入睡，而不至于掉下来。

当初，王鹏翔读完这段记载后，还真找了一些木板做实验，最后发现，宽度小于十厘米的木板，他就是清醒时也躺不稳。

可是，即使真有高人能做到在扁担上入睡，这样的功夫又有什么意义呢？

磨炼筋骨？训练平衡能力？还是单纯为了让人学着吃苦？王轩当年就没琢磨出门道。后来王轩更发现，"少林七十二艺"的说法并非来自古代，而是民国时期有人做的总结。所以历史上究竟有没有这个睡功，已经完全无法考证。王轩在世的时候，就没记录到任何拳师会练习这个睡功。

没想到，十万八千里之外却有个外国人，或者说一群外国人，真的在练习类似的功夫。"军人上战场，不会连行军床都没有吧？何况，打仗的时间毕竟比和平的时间少，就为了应付很短时间的恶劣环境，有必要长年累月折腾自己吗？"王鹏翔质疑道。

阿婕丽娜摊摊手，表示不知道："我父亲的一切都是谜，所以我更想要搞清楚。"

就在这时，阿婕丽娜的眼睛瞪大了。电视新闻里插播了一条特别报道：大屿山某渔村有个隐居的欧洲人，名叫阿尔钦斯基，昨晚在他家发生打斗。邻居报警后，警察在其住处附近发现此人匆匆逃走。上前询问时，此人不仅不配合，反而继续逃跑。到场警员呼叫同伴支援。在无法逃脱的情况下，此人居然从陡坡跳下自杀。

据警方初步检查身份，怀疑此人是国际刑警组织通缉的黑道杀手佩舍夫，身负三个国家七条命案。而就在昨晚，周围邻居称有个白人年轻女子曾经打听过他的家。希望公众协助寻找这位白人女子，以协助调查。

"天啊，他遇害了！"阿婕丽娜捂着嘴，流下了眼泪。看来，古拉耶夫并没有对同门下狠手，反而是他自己了断残生。

"你说的那位大叔，他是杀手？"

"当然了，他们的职业就是杀人，退役后当个杀手很正常。"看到王鹏翔眼中惊惧的样子，阿婕丽娜觉得有必要为佩舍夫大叔辩解，"雇他杀人的不是好人，被杀的也一样，黑帮对黑帮，没什么是非善恶可言。"

不一会儿，电视上重播了这条新闻，同时还播出了警察根据路人描述绘出的女嫌疑人的头像。出事的地方很偏僻，没有监控摄像头。

"天啊，你怎么办？他们拿你当凶手。"

对此，王鹏翔也有自己的担心。阿婕丽娜不是凶手，到警察局也能说清楚。但是自己为什么会在场？这可很难说清楚。他又得被迫回答那些无法回答的问题：如何仅凭一个人走路的姿势，就看出对方是伤害世界拳王的凶手。即使他能编圆一个谎言，但是他刚刚在拳王遇袭事件中，在警察局做过笔录，警察们肯定会怀疑，这个人为什么总出现在如此凶险的事件里。

"送我去俄罗斯领事馆，他们会保护我。"马上，阿婕丽娜又补充了一句，"我会告诉他们，是我自己离开那里，因为害怕所以躲起来了，不会说出你的存在。我知道……"聪明的姑娘把语气加重，"你也有自己的秘密要守！"

用出租车将阿婕丽娜送到俄罗斯领事馆附近，王鹏翔便转身离开，回到学校。接下来的一天里，他都在焦急地等待着俄罗斯女孩的音讯。第二天阿婕丽娜才打来电话，说她正在俄国领事馆的官员陪同下，接受香港警察的问讯。王鹏翔想多问几句，不料对方紧张地挂了电话。

王鹏翔意识到，阿婕丽娜身边可能就站着警察，她在替自己保密。此时，香港警察已经搞清了佩舍夫的身份，正是一名被称为"白狐"的国际顶级杀手。虽然金盆洗手多年，但当年的通缉令仍然有效。

看到佩舍夫那酒桶一样的身材，警察便知道为什么他可以多年隐居而不被发现，这和通缉令所描述的佩舍夫完全是两个人！

面对警察，阿婕丽娜选择如实道出。女儿想寻找从未见面的父亲，这是天经地义之事，警察也没怀疑是她与佩舍夫发生打斗。根据现场的痕迹判断，那个与佩舍夫格斗的人体力大得惊人，不可能是这个娇小玲珑的女孩子。

阿婕丽娜为了保守王鹏翔的秘密，也不能说古拉耶夫曾经袭击过世界拳王。结果，只好给当地警察留下一团乱麻。

这几天，肖亚玲外出办事不在香港，此事话题太长，过程太复杂，在电话里又说不清楚。王鹏翔郁闷得不知道要和谁说，忽然想到了何志浩，这位师傅见多识广，倒是可以咨询一下。

于是他找到何老师，把"少林睡功"的传说讲给他，想请他判断一下，如果真有这种传说中的功夫，它会有什么实战价值？

人形武器 RENXINGWUQI
白狐 BAIHU

或许是旁观者清，何志浩反而一下子点出了关键："有关睡眠的生理机制，你应该学到了吧？"

"现在还没有学到。"

"那我提前告诉你。人在睡眠时，中枢神经仍然能支配身体，以防受到意外伤害。你看，成年人在睡眠时不断翻身，这个不受意识支配，对吧？"

"对！"

"但几乎没有谁翻到床下，一般人翻到床的边沿都会停住，这是怎么办到的？"

王鹏翔想了想："那肯定是在无意识层面实现的。"

谁都喜欢和聪明人聊天，何志浩一挑大拇指："于是便有个心理学家发现，不同的人在睡眠时，翻身频率和动作幅度有大有小，比如说，有的人入睡以前，身体与床头方向垂直，醒后发现睡在对角线位置上。而有的人即使单独睡在双人大床上，并且躺在一侧入睡，整个睡眠过程中都不会翻滚到床的另一侧去，好像有个无形的界限拦着他。

"这位前辈对人类在睡眠中控制身体能力的差异产生了兴趣，他怀疑这与人们清醒时的某些能力有关。于是他就从军队里找来大量被试，记录他们睡眠中动作的差异幅度。而在他们清醒时，再对他们的各种心理能力进行测试。结果发现，睡眠中动作幅度越小的人，清醒时身体控制能力也越好，整体动作也越协调。"

"所以，少林高僧练习睡功，就是为了睡觉时也练习控制身体？"王鹏翔似有所悟。

何志浩耸耸肩膀："呵呵，我讲的是有案可查的科学研究。至于你那个'睡功'是怎么回事，我就不知道了。"

"那么，那位心理学家是谁？我可以查到他的研究资料吗？"

"是个俄国人，不，苏联人，叫……好像叫斯皮尔金。对，当年他在莫斯科大学当心理学教授，没少搞一些稀奇古怪的研究，西方同行看了都很赞的。"

问题只是顺口一提，可答案却砸得王鹏翔有几秒钟没反应过来。斯皮尔金！谢尔盖的父亲，阿婕丽娜的祖父！他在研究俄罗斯版本的睡功，而他的儿子在实践这种功夫！

"咦？你怎么想起问这个来了？"何志浩不明白王鹏翔为什么发愣。

"我……就是对那个睡功感兴趣。"

何志浩知道，这个大陆来的学生平时对什么都感兴趣。他走过来，搂着王鹏翔的肩膀，摆出一副学长的架势："小弟，快让自己走过迷恋武侠小说的年纪吧。你瞧，这一屋子生理、心理学实验设备，足够把你带出童年的幻想了吧？哪里有什么睡功，编出来玩的！"

王鹏翔很想告诉他，少林寺的睡功或许并不存在，但世界的某个角落里，有可能有人练习过类似睡功的东西。话已经到了嘴边，他还是住了口。

又过了一天，阿婕丽娜打来电话向王鹏翔表示感谢，并说自己由于涉案，不方便再在香港待下去，已经准备回俄国。

"可以见个面吗？对你父亲的事情，我可能找到了点儿新线索。"

阿婕丽娜犹豫了一会儿，答应了他。两个人在俄国领事馆附近找了个咖啡厅碰头。王鹏翔很关心她在警察局都说了什么。"放心吧，一个字都没提到你。我告诉他们，佩舍夫大叔为保护我，缠住凶手，然后我自己逃跑了。一个小女生，遇到这种事，当然会晕得分不清东南西北。放心吧，我很会演戏的。"

"你还准备找你父亲吗？"

"会的，不过……"阿婕丽娜望着窗外，陷入惆怅之中，"他说的那个地方荒无人烟，我还没有下定决心。"

"如果你愿意的话，我想帮你寻找他！"

这个提议让阿婕丽娜张口结舌。于是，王鹏翔把斯皮尔金那个著名的实验讲给她听："你瞧，你爷爷让你父亲接受某种很奇怪的训练，他们到底发现了什么？又练了什么，我也很感兴趣。"

"你……"阿婕丽娜犹豫着，"说实话，我很想请你陪我去。在那种荒无人烟的地方找一个人，我还没那么大胆子。不过我又不能太自私，那群人不是一般的狼。佩舍夫大叔那么和善的人，听说手上都有七条人命，其他人那更是杀人如麻，你愿意冒这样的风险？"

"愿意！"王鹏翔倒真是没有害怕，七条人命？任海涛那帮人加起来，可能也够了这个数，还不是让他一起干掉。

说完，王鹏翔左手端起咖啡杯，将杯底放到右手食指上，只用一根指头托着杯子转了几圈，再把它稳稳地放到桌子上，整个过程没洒出一滴咖啡。

"天啊，你这是魔术，还是杂技？"阿婕丽娜瞪大了眼睛。

"我们中国语文课本上有篇文章，叫《卖油翁》。讲一个老翁拿着油壶，把油倒出来，让油淋过圆铜钱上的方眼，却不会沾到铜钱上。还有篇文章叫《纪昌学射》，说一个神箭手可以射中吊起来的虱子。我从小就对这类记载入迷，想知道人类究竟能做出多神奇的动作，又为什么能做出这些，后来才知道……"

王鹏翔停了几秒钟，眼圈红了，眼泪差点流出来。这让阿婕丽娜很动容。

"后来才知道，我爸爸对这些比我更入迷，他拿这个当事业，搞了一辈子。这是流淌在我们血液中的追求。很特别是吧？和其他人说不清楚，反正它就是存在着。"

王鹏翔长出了一口气，调节了一下情绪，才又开口说道："如果我爸爸活到今天，知道一个俄罗斯人可能练出某种神奇的武功，他会怎么想呢？他就会做我刚才对你说的事！"

阿婕丽娜忽然站起来，隔着桌子探过上半身，在王鹏翔的额头吻了一下！

两个年轻人构思他们寻人计划的同时，俄国驻香港领事馆里的情报人员已经把阿婕丽娜这个事件汇报到国内。很快，它就摆到维克托·佐林的案头。在领事馆官员的报告中，"白狐"这个词出现了好几次。而且阿婕丽娜对警方说，佩舍夫被害前和凶手谈话，其中提到了"科查夫"这个名字。

在俄罗斯，这并不是一个常见的名字，但真要统计起来也会有一大批人。不过佐林立刻联想到了那位人体机能自动修复研究所所长。别人不知道这个人的来历，佐林可清楚得很。如果那支"白狐"突击队里有人去犯罪，这个科查夫一定是主谋。

佐林早就怀疑科查夫涉嫌某些恐怖袭击和刑事犯罪，并且正在布更大的局。但他没有过硬的证据，而后者在克里姆林宫内外却有过硬的关系。佐林手下虽然有很多情报人员，但他们接受的训练是对付普通人的，无法接近科查夫的核心圈。所以，佐林现在还没把握对付这个怪物。

但是佐林知道，有股力量可以替他办这个事。于是，佐林再次私下约见诺维科夫，告诉他，自己已经知道了"西伯利亚修道院"的位置。

"佩舍夫说，它位于奥廖克玛附近的军事基地，并且荒废了十几年。我查过，当地有两个军事基地，一个属于战略火箭军部队，一个属于空军，都荒废了二十年。我们不知道具体是哪一个，但是范围已经缩小了很多。"

"军事基地？平民进去有没有麻烦？"

"不要说平民，就是野马、驼鹿和麝牛都可以随便出入。唉，当年那是数不清的卢布啊，就这样……"佐林止住了话头。

看到平板电脑上显示的资料照片，诺维科夫皱起了眉头："你是说，一个人待在这种鬼地方许多年？他要训练什么？"

佐林耸了耸肩："斯皮尔金教授去世时心灰意冷，把所有资料都销毁了为自己陪葬。我也找不到'白狐'机构的原始资料，只知道那是一种很厉害也很残酷的训练。所以，像科查夫那样野心勃勃的人都不敢去尝试。"

诺维科夫沉默下来，他在考虑找什么样的人去搜索这位世外高人。

第五章

「新俄罗斯人」

自从遇到肖亚玲后,与终极武术有关的事情,王鹏翔还是第一次决定不和她讲。几天的生死与共,几个月合守惊人的秘密,肖亚玲已经把王鹏翔当成干儿子来呵护。王鹏翔很清楚,如果子女去远方冒险的话,做母亲的会是什么态度。反正肖阿姨公司里的事也很忙,看看此行能有什么结果,事后再向她解释吧。

然而,眼下马上要过春节,王鹏翔要离家远行,必须先过母亲这关。他回到大陆自己的家,路上买了很多礼物给母亲和养父,见面又大聊特聊自己在学校里的成就,还有在香港的见闻,尽可能讨他们的欢心。

看到两位家长情绪不错,王鹏翔才把自己要远赴俄罗斯一事说了出来。

他只说自己去旅游，见识见识，是一个俄罗斯的朋友邀请他。当着母亲，他没敢说那是个女孩子，而是报出阿婕丽娜哥哥的名字。

还没等王鹏翔把话说完，雷颜芳就把碗往桌子上重重一放："俄罗斯？那儿有什么好看的？"

王鹏翔看看养父，看看母亲，说话更加小心："那里很神秘，很辽阔，所以值得一看啊。"

"要去也是夏天去！大冬天的，你嫌这里还不够冷？"

母亲的话里留着余地，王鹏翔已经听出来了："我想，俄国就是要冬天去，体验一下真正的冰天雪地！夏天没准我就去非洲了。"

接下来又是质疑、解释，再质疑、再解释。王鹏翔离家已经有半年，雷颜芳多少适应了空巢期，再加上王鹏翔手里有父亲的遗产，国家的奖励，出一趟国不需要父母花钱。王鹏翔最终过了母亲这关。

有阿婕丽娜非同胞的兄长疏通，王鹏翔迅速办下旅行签证。不过他们不会去游人如织的莫斯科或者圣彼得堡，不准备畅游伏尔加河，而是从远东自由贸易区纳霍德卡进入俄罗斯，这里离目标区域最近。

世界上头号移民目标国是美国，这谁都知道。第二名是哪个国家？能猜中的可就不多了。答案恰恰是俄罗斯！一个被认为封闭保守的辽阔国度。早在苏联时代，亚非拉一些社会主义国家的国民就蜂拥来俄罗斯做工。苏联解体后，许多前加盟共和国的人留在俄罗斯境内工作和生活，被动地成为移民。再后来，大批中国人、朝鲜人挤进俄罗斯远东地区，做生意，种地。如果按人口比例来计算，俄罗斯的"移民指数"甚至超过了美国。

所以，当王鹏翔漫步在俄罗斯小城街头时，并不如他想象的那样受关注，经常有同胞走来走去。他能在街头听到北京话、东北话、四川话、江浙话，还有一些他都听不懂的中国方言。

此时正值二月底三月初，俄罗斯人在过自己的传统节日"谢肉节"。这是他们的狂欢节，大家聚会，宴饮，好不热闹。

看到伊丽娜之前，王鹏翔预计会见到一位腰身堪比水桶的妇人，没想到她的身材保持得很好。阿婕丽娜自从进入体育队，就很少和母亲同住。伊丽娜和丈夫、继子住在一起。阿婕丽娜的哥哥瓦洛佳三十出头，对人很热情。王鹏翔很怕他灌自己酒，直到吃饭时才把这个包袱放下。原来现在的俄罗斯人虽然仍旧很能喝，但却没有劝酒的习惯。

吃完饭后，瓦洛佳把王鹏翔拉到一边，吐着酒气小声说道："你们中国人，男多女少。我们俄罗斯人，女多男少，所以……我支持……OK，你明白？"

王鹏翔脸红了。他当然明白对方的意思，不过那却并不是他的意思。

伊丽娜单独和王鹏翔在一起时，只说了一句话："请保护好我女儿，谢谢。"然后就拉着阿婕丽娜叙家常去了。

第二天，阿婕丽娜带着王鹏翔，乘飞机前往萨哈共和国首府雅库茨克。他们并没有带多少装备。这是阿婕丽娜的计划，在冬天穿越西伯利亚，只有当地

雅库特人才知道该怎么办，他们再准备也是白搭。所以越野装备这些事，她委托了住在当地的朋友来办。

"看来雅库特的环境没有传说中那么可怕，你妈妈知道你去那里，也没说什么啊？"

"哈哈哈……"阿婕丽娜笑了，"我只是说到雅库茨克城里看朋友，根本没说真正的目的地。妈妈要知道我想去的地方，今天我们绝对出不来！对了，瓦洛佳和你说什么了？神神秘秘的？"

"呵呵，他说他对平衡中俄两族性别比例有兴趣。"王鹏翔一想到瓦洛佳的话就想笑，他把对方的原话转给阿婕丽娜听。

"哼，我养父有点钱，所以瓦洛佳希望我嫁得越远越好。当然，我也这么想。为了让母亲过得好，我很少回来找麻烦。"

王鹏翔不说话了，看上去这个家庭很和睦，伊丽娜对女儿也很宽松，没想到也有难念的经。看来，自己和阿婕丽娜的境况又有些许不同。王鹏翔很小就把养父当成生父，阿婕丽娜则一直缺乏父爱。

这是不是她执意要找到生身父亲的原因？当她如愿以偿后，如果发现谢尔盖已经沦为酒鬼——像佩舍夫那样成为活动的啤酒桶，她会怎么想？

王鹏翔把这个念头压到心底，还是先祝福这位俄罗斯姐姐吧。

莫斯科金融区，斯普尼特大酒店。

这天晚上，一辆辆豪车陆续驶来，政商各界豪门云集。大家应年轻富豪伊斯克拉的邀请，参加他的"登基"仪式。一个月前，伊斯克拉的父亲心脏病突发去世，留下了名为"泛俄商业储备银行"的金融帝国。

官商们此番前来，主要是看这家金融集团的面子，酒店准备的冷餐着实不对他们胃口。按照主办人的要求，酒店不提供任何矿泉水之外的饮料。食物虽然很高级，鱼子酱、松茸、鹅肝应有尽有，但只许水煮和放盐，没有任何调料。当招待员端着这些食物穿来绕去时，偶尔有来宾尝尝，都觉得难以下咽。

伊斯克拉站到讲坛上，向各位来宾表达了谢意，然后他说："请原谅我为大家提供这样的饮食。我父亲一生嗜烟嗜酒，最后就死在这些东西上。所以，我不会原谅那些夺去父亲生命的东西。"

伊斯克拉举起高脚杯，请大家一饮而尽，每只杯子里都是矿泉水。很多人都已经听说，这个金融帝国的新主人信了某种神秘的新兴宗教，养成斋戒之类的习惯，今天算是开了眼。

"我父亲为人忠诚，勤奋刻苦，我很尊重他，但他毕竟是旧俄罗斯人。他屈从于自己身体的欲望，难以成为身体的主宰。其实，我们本可以生活得更好，如果不做自己的奴隶的话。"伊斯克拉说得两眼放光，声调激昂，"在座诸位有很多我的同龄人。我知道你们在过什么样的生活，我过去也是一样。没事的时候经常在想，每天花去五万美元已经不能让自己快乐，是否应该每天花掉十

万美元？现在我比我父亲幸福，那是因为我很早就听到那神圣的声音，它引领我走出过去的泥潭，我终于知道自己应该追求什么。下面，隆重邀请把这声音带给我的人——瓦连京·科查夫大师！"

有一个缺陷，科查夫怎么训练也弥补不了，就是个头太矮，所以他要穿增高鞋，才能来参加这等盛会。不过，当他一开口，那如有魔咒的声音便吸引了很多听众。生命的意义、民族的未来、世界的前景，科查夫将几十种宏伟的词汇编织在一起，最后得出一个结论，大家应该和伊斯克拉一样，学做一个新俄罗斯人！

诺维科夫站在宾客里，远远地望着科查夫。他与伊斯克拉的父亲是生意伙伴，这是他出现在这里的原因。他的儿子也和伊斯克拉一样，疯狂地崇拜这个小矮子。科查夫那一班富豪弟子中，已经有两人继承了家族企业。不用问，他们会拿来大笔金钱支持这位"大师"。将来，自己的企业能交给儿子鲍里斯吗？不交给他，自己又该怎么办？

健康、友爱、团结、民族振兴，把这些漂亮的词放到一起，能够吸引许多普通人。不过能来到这里的人都见多识广，科查夫的这番演说，还不足以将他们催眠。一个三十多岁的女士打断了他的布道："您不断地宣讲俄罗斯人的使命感，请问您是从什么时候起就有这种使命感的？"

"什么时候？如果是指我们民族的话，它从形成的那天起就被赋予使命，引导那些落后民族走向光明。什么时候俄罗斯遵从了这个使命，我们国家就强大,反之就会衰败。如果您是问我个人的话,我已经记不清了,反正很早就有了。小时候我经常在看世界地图时产生这样的想法:我们为什么只占世界的六分之一呢?其余那六分之五的人,过着多么悲惨的生活啊。

"现在,我们已经重建了自己的尊严,我们还要重新肩负起那个上帝赋予的使命。引领世界!引领人类的进步!"

诺维科夫听到旁边有谁小声地欢呼了一下,这比科查夫的讲话更让他吃惊。看来,这个骗子的催眠术威力不小。

但是那位女士显然不受影响:"请问,都传说您有特异功能,这是真的吗?"

科查夫反问道:"这位女士,您是……"

"《白桦林报》记者。还有人认为,您就是当代的'拉斯普庭'!您对此有何评价?"

20世纪初,一个绰号拉斯普庭的人进入俄国宫廷,以"神功异术"见宠于沙皇,扰乱朝纲,加速了罗曼诺夫王朝的灭亡。在俄罗斯,"拉斯普庭"就是神棍的代名词。听到这个词,整个大厅都安静下来,众人的目光直视科查夫,想看看这个传说中的神棍如何应对。

科查夫的目光穿过十来米空间,锁定女记者的面孔。他的眼睛眯起来,脸越涨越红,额角上的青筋开始跳动。大厅里的人们都不出声,盯着他,可怕地沉默着。

"卡捷琳娜·尼古拉耶娃,真实身份,俄联邦宪法保卫局特工。目前身负的任务,通过撰写异议文章赢得信任,打入持不同政见者内部。我'读'得有问题吗?"

这个被叫出名字的女记者顷刻之间脸就白了。一秒之前她还处在攻势中,现在她不得不去想身份暴露后自己该怎么办。"不,我不是,怎么可能……您猜得真离谱。"

但是,接下来卡捷琳娜匆忙离开会场的举动,已经暴露了自己的身份。没办法,再严格的专业训练,也不是用来对付"特异功能"的。

一小时后,卡捷琳娜被枪杀于街头。有人怀疑是被安全部门灭了口,有人怀疑是她所打入的那个组织行凶。当然,没人怀疑科查夫干了这事。他不屑于这么做,只要当众讲出这个女人的真实身份,她就完蛋了。

知道卡捷琳娜的下场后,有那么几分钟,诺维科夫几乎要放弃佐林给他培养的信心。不,这个妖人真有特异功能,他能读出女记者的思维!

最后,理性还是回到他的头盖骨下面。此事有玄机,他还猜不透。但是,不管答案是什么,科查夫的能量已经大到如此程度,说什么也要从他的精神控制下把儿子夺回来!

另一方面,佐林又失去了一个得力部下,他马上就猜到了是怎么回事。科查夫收买了自己的人,他早就知道卡捷琳娜的真实身份,也知道她准备在宴会上发难。科查夫利用对手的计划,又给自己披上一道神秘的光环。

接下来,佐林必须更加倚重非常规力量。

入学才半年，王鹏翔的眼界就比以前有了飞跃性的进步。周围都是高人，学术气氛浓厚。这让他迅速从"学生"进入"学者"的角色，尽管还没有获得外人的承认。

在各位老师中，对他影响最大的就是这个何志浩。他在课堂上给学生们讲这样一种观念：所谓人类进步，只是人类整体的进步。就个体而言，我们比古人差得远，可能还要越差越远。人类学家研究过古代原始人的骨质，得出结论认为，一个尼安德特女人如果穿越到今天，一对一单挑的话，可以轻易打翻绝大部分男人。

甚至，在今人引以为豪的智力方面，我们也不一定比得过祖先。古人脑容量普遍大于今人。现代人之所以显得更聪明，只是以集体的方式积累了大量知识。我们作为个体，不一定计算得过茹毛饮血时代的先祖。

何志浩很爱举一个例子：牛顿如果活在今天，凭他的学问很难考上大学。但是现在，哪里再有他那样划时代的大师出现呢？

原来不光是肌肉，大脑居然也在一代代萎缩着？这个论点让王鹏翔不寒而栗。何志浩进而认为，个体退化的根本原因就是活动量大不如以前。古人要在森林里猎物，在洪水中逃生，每天承受部落仇杀的压力，正是这些困难把人类个体塑造得很强大。

不过，每次讲这个话题，何志浩最后总是以长叹结尾。道理都明白，但是又有什么用。人类终究会越来越懒，越来越笨。就连他自己，都不能保证每天

进健身房。

经常耳濡目染这些言论，王鹏翔忽然产生了一种使命感，或许他就是那个转折点？阴差阳错间，王鹏翔掌握了终极武术，同时又考上运动科学专业。将来他会成为兼具理论和实践的运动天才。也许，这是冥冥之中神秘力量赋予他的使命？

当王鹏翔跨入俄罗斯国界时，支配他的就是这种使命感。找到传说中的"白狐"绝技，看看自己能否再上一层楼。然后，记录并分析这些功夫。这个目标太宏伟，和只想寻找父亲的俄罗斯姐姐都说不清楚。

飞机扇着翅膀，从雅库茨克城市侧上方飞过去，绕了一个大圈，朝机场降落下来。王鹏翔从舷窗望着下面的城市。它被称为"寒极"。人类有一些城市的纬度比这里还高，但此处却有过城市地区记录到的最低温度——-71℃。很多建筑的外墙被冰雪覆盖，看上去像是白色大地上摆着的一堆积木块。

忽然，市中心一片耀眼的建筑吸引了王鹏翔。那片建筑晶莹剔透，反射着耀眼的阳光，像是一大片玻璃。王鹏翔看不清具体是什么，指指它问阿婕丽娜。

"那是这里的冰雕，克里姆林宫。面积很大，已经申报了吉尼斯世界纪录。"

飞机又近了一些，那片冰雕开始显示出城堡的外形，不过和闻名世界的那个克里姆林宫一点儿也不像，建筑模式倒很像蒙古包。"这怎么是克里姆林宫？一点儿也不像啊？"

"它要像谁？它不需要像谁啊！"

"不像克里姆林宫，为什么会起这个名字？"

又交流了几句，阿婕丽娜才听明白，王鹏翔误解了"克里姆林"的含义。这是几乎所有外国人在俄国都会犯的错误。

"克里姆林"在俄语里是"内城"的意思，因为莫斯科那个"内城"太有名，"克里姆林"成了它的专有名词。其实俄国许多古城的中心都有自己的"克里姆林"。偏巧雅库茨克并没有真正的"克里姆林"，所以这次制造冰雕群，当地旅游部门特别设计成城堡模式，搞了个冰内城。

下了飞机，两人乘车进入雅库茨克，来到阿婕丽娜的朋友家。她叫达丽娅，是阿婕丽娜在国家队的队友，退役后就回这里的老家居住。达丽娅是个雅库特人，这是蒙古人的一个分支，生活在西伯利亚原野上已经有两千年的历史。

和其他国家当代女孩一样，想让达丽娅这样的90后做顿像样的饭来招待客人，那可难为死她了。所以安排好住处后，达丽娅就拉着他们来到城里新开的一家自助餐厅。一路上，达丽娅给他们介绍这家餐厅。王鹏翔听不懂俄语，但不停地听到类似于"瑞典"的一个词，便问："这家餐厅叫瑞典餐厅？"

"哦，不是。在我们的语言里，自助餐就叫'瑞典人的桌子'！"

阿婕丽娜给王鹏翔解释这个词的来历。原来，"自助餐"这种形式最初就是北欧海盗发明的。他们一锅锅把菜煮好，摆成一行，众人随意取用，大块吃肉，大碗喝酒。后来这种形式流传到其他地方，俄罗斯人干脆把它的出处都保留在名称里。

走过旋转门，投身在那热气腾腾的环境里，看着周围的食物，王鹏翔真有进了海盗部落的感觉。火腿奶酪卷，酸菜煎猪排，和小铁锅差不多大的奶酪块。餐厅一头还有大把放在电磁炉上的金属壶，阿婕丽娜告诉他那是奶茶。

王鹏翔倒了一小杯，刚呷了一口，差点把它吐出来。原来这不是俄罗斯人习惯的甜茶，而是雅库特人加了盐的奶茶。不过再喝几口，王鹏翔就喜欢上了这种咸奶茶。

天气寒冷，让王鹏翔胃口大开，对面达丽娅的刀叉也没离开奶酪和肉。只有阿婕丽娜，仍旧有节制地只吃沙拉，而且都是小口，细细嚼过后再下咽。达丽娅和老朋友热情地聊着，边说边朝王鹏翔这边指指点点。发现她老是这样，王鹏翔望着她，指指自己的胸口，摆了个不明白的姿势。

"她问，是什么力量吸引你到这里冒险？"阿婕丽娜翻译着。

这个问题有点不怀好意，不过王鹏翔倒非常坦然："我也想找到她父亲，听说他会一种非常厉害的武功，我想见识一下。"

达丽娅朝他笑了笑，摆出一副"我根本不相信"的表情。王鹏翔摊了摊手。至少到目前为止，这真就是他的动机。可惜每次他对这类问题说实话，都是那么的不可信。

世人都说法国美食，意大利美食，土耳其美食，看着那一盆盆大鱼大肉，王鹏翔不明白为什么俄国菜名气没有法国菜大。"这么多好吃的东西，保持体型可不容易。”

“确实，不过我还能坚持，我喜欢保持体型。现在我还能跳字母。”阿婕丽娜说道。

“跳字母？”

“用身体跳出西里尔字母，那是女体操队员的秘密游戏。”

入境到现在，王鹏翔的眼睛里塞满了俄文字母，他想象不出用身体怎么摆出这些字母的形状。它们不仅形状复杂，有的字母上面还有一横，有的有两个竖道。“怎么用身体跳出字母？你可以表演一下吗？”

“嘿嘿，不能在这里！”阿婕丽娜望望四周的食客，诡秘地一笑，让王鹏翔感觉到，“跳字母”可能有点特殊的意味。

除了食物，这里最让王鹏翔惊讶的，就是走来走去的中国人。当地人吃饭时要么不说话，要么低声细语，只有中国人习惯在餐桌前扯开大嗓门。今年是俄罗斯的中国旅游年，来这里的中国人大大增加，还有大批中国商人包机做生意。雅库特有全世界独一无二的土特产——古象牙。这里经常挖到古代猛犸象的尸体，世界各国为了保护生态，陆续禁止活象牙贸易，所以，这些上万年的象牙就成了替代资源，中国国内不少象牙加工厂，就从这里进口原料。此外，这个满是寒冰的城市还是钻石产地，这些都吸引了寻找商机的中国商人。

吃饱喝足，三个人离开室温20℃的餐厅，进入 -40℃的街道。很快，三个

人的眉毛都变得雪白，那是呼出的水蒸气凝成的霜。最后，他们又回到达丽娅那个20℃的家。如此这般在60℃温差间折腾，让王鹏翔苦不堪言。就是生长在莫斯科的阿婕丽娜，也不住地跺脚搓手。

"冷吗？"阿婕丽娜从仅会的几句中文里拿出一句，关心地问王鹏翔。

"还好。锻炼锻炼自己。"

回到住处，趁着阿婕丽娜去洗澡的工夫，达丽娅忽然把王鹏翔叫到一旁，问他对阿婕丽娜有多了解，又有多关心。两个人都不用母语交谈，意思表达不清，王鹏翔不清楚这个"关心"是什么意思，只好点点头。

达丽娅叹了口气，告诉他，阿婕丽娜现在的家庭生活不幸福，所以她把感情寄托在一个虚幻的父亲身上。阿婕丽娜甚至认为，她父亲不仅活着，而且经常潜伏在自己身边，关心着这个女儿。她会突然指着街头的一个陌生中年男人问达丽娅，他和自己像不像？会不会就是父亲？

"那么，你认为她根本不能找到父亲？"王鹏翔开始明白达丽娅的想法。

"我觉得他父亲要么早就死了，要么就住在哪幢房子里，和一个胖婆娘过下半生。不过作为朋友，能做点事让她快乐一些也好。"达丽娅拍拍他的胸口，"但是我不会疯狂到和她去冰天雪地冒险。这个季节，如果车子的暖气坏掉了，你们会在几小时后和猛犸象做伴。不过冻死以前，你们可以用对方的体温来取暖。哈哈哈哈……"

"你们在说什么？"阿婕丽娜擦着头发走出卫生间。看到他们坐得那样近，很是奇怪。

"我们在研究怎么寻找你父亲。"王鹏翔脑筋急转，顺口接音。

达丽娅讲的话，王鹏翔只能接受一半。阿婕丽娜着迷于寻找父亲，当然会有感情因素在内。不过眼前这个女孩也并不知道发生在香港的那些惊险的打斗。

这里面肯定还是有点惊人的秘密值得冒险。

苏联解体之际，独联体中俄罗斯之外的国家分走苏军的三分之一，后来俄罗斯财政困难，又被迫裁掉另外三分之一。如今的俄军只剩下苏军三分之一的兵力。冷战期间苏军遍及全国的军事基地，有很多因此被放弃。

奥廖克玛有两个军事基地，就是在这段时间被废弃的。甚至俄军都没有财力拆掉原来的基础设施，听任它们在荒野里锈蚀掉。其中一个属于苏军路基核突击队。从这里发射导弹，途经北冰洋，可以最快速度打到美国，而且预警时间最短。当时，载有核弹头的导弹汽车经常从这里出发，在附近巡逻。

由于离居民点很远，军队一旦撤离，这个基地就成为废墟。不过，就在阿婕丽娜和王鹏翔正在遥远的雅库茨克做准备时，一辆军用越野车已驶向这里。车上坐着一群外表强悍的人物。其中有一个是退役的俄罗斯摔跤队员，绰号"灰熊"。当年他酷爱在比赛场上抓住对手的腰带直接把对手扔出去，以简单粗暴的战术获得胜利。

还有一个名叫"断指"的前俄罗斯特种兵，曾经多次上过前线。他熟悉各种陆军轻武器，曾经战果累累。因为右手几根手指被炸断，只好退伍成为职业保镖。但右手这点残疾，并不影响他左手的射击水平。

此外，这群人里还有诺维科夫的保安队长，他们都是诺维科夫的雇佣兵，前来寻找神秘人谢尔盖。

为了完成任务，他们要听取另外一个人的高见。此人外形酷似中学教师，文质彬彬，正是佐林。只不过，他没和这些人讲出自己的身份，也不允许诺维科夫暴露他的身份。

靠着俄罗斯本土导航系统"格罗纳斯"的指引，他们的车开到距奥廖克玛核基地十公里的地方。在一个岔路口，"中学教师"忽然想起什么，让"灰熊"把车拐上另一条路。"我们要绕到西南方向，从那里接近目标。"

"这有什么区别吗？""灰熊"不解地问道。

"今天北风很强，朝那里刮，他能从七公里外闻到车子尾气的味道！"看着车子里人们难以置信的面孔，佐林没有做进一步解释，"我们不能过早惊动他。'白狐'的长处之一，就是先于敌人发现对手。"

"我们又不是他的敌人。"保安队长说道。

"但是也没向他预约，这个人我们还捉摸不透。"

绕到基地西南方向，他们沿一段泰加林间的小道逼向目标。视野里已经可以看到一片冰雪覆盖的低矮营房，最高楼只有两层。估计已经到了被对方发现的范围里，"灰熊"一踩油门，车子飞快地辗过最后一千米，在营房外戛然而止。

"中学教师"带着众人走下车子，进入营区。所到之处，满目疮痍。虔诚的环境主义者会喜欢这里，废掉十几年后，这里重新被大量植物覆盖。各种蕨类植物塞满空地，被冰雪覆盖后，形成各种独特造型。灰熊和断指把枪藏到胸口里，他们不想对谢尔盖表现出敌意。

突然，灰熊摆手让大家停住，有什么东西隐伏在周围。就在他们停下来一秒钟，一只恶狼号叫着从左侧房顶上直扑下来，半空中张口就朝灰熊的脖子咬下来。在雅库特，没有人迹的地方，便可能是狼的乐园。

灰熊浑然不惧，扎稳步子，等那只狼蹿到近前，稍稍一侧身，双手抓住狼身，顺着狼扑来的方向推了出去。虽然身体显得粗笨，但这一手借力打力恰到好处。狼在空中骇人地飞出将近十米，撞到一堵冰墙上，摔到地上不动了。

灰熊转过身来盯着野狼扑过来的地方。果然，那里还有两只狼，但被他的气势镇住。当灰熊愤怒起来时，身体散发出野兽的气味。狼能够看懂这个身体语言，它们无奈地退走了。

又深入了一百米，他们站在军营广场上，望着四周。就在这时，一股熟悉的味道钻进大家的鼻孔，那是劣质伏特加酒的气味！非常浓烈，仿佛一打酒瓶同时被敲破。

大家循着气味走去，看到一处旧食堂，里面传来隐隐的人语声。不，没有情报显示这里会有这么多人。他们不约而同把手枪拿了出来。佐林轻轻地推开门……

声音骤然清晰起来，那是几个醉汉在聊天，还有喧闹的音乐声，广播声。一群人走进屋子，偌大的食堂里没有灯，从破窗户里射进的阳光许多地方都照不到，食堂里显得亮一块暗一块。不过，在其中一束阳光里面，几个流浪汉正围着一张桌子吃饭。桌子上摆满了军用食品。角落里有一些军用被褥，几个帐篷平铺在地上，就是他们的床。

数数周围堆着的空瓶子、空罐头，它们的数量惊人。显然，流浪汉早把这里当成了家。

看到闯进来一群人，流浪汉们吃了一惊。发现他们都不是军人，就不再关心，仍旧围在桌子旁边吃着，喝着，聊着。佐林走到他们身边，透过凌乱的胡须和污垢，他审视着那里的每张脸。流浪汉看到他们这种气势汹汹的样子，都不再说话，低头吃起东西来。

没有谢尔盖！至少现在看来，他没有让自己堕落下去。

"去奥廖克玛二号，他不在这里。""中学教师"招招手。

"怎么，还有大半个军营没检查。"断指不解地问。

"他不会和这种人挤在一起。""中学教师"非常肯定地说，"如果他真在修炼那最后一道关，他甚至不会和人在一起！"

第六章

西伯利亚修道院

吃饱、喝足、睡好。第二天上午，三个年轻人开始外出采买越野装备。阿婕丽娜周游世界进行表演，手里有一定积蓄。王鹏翔也掏出钱，算成探险经费让她收下。看着他们你推我让的样子，达丽娅在旁边笑而不语。

在商店里，达丽娅建议他们买一种专用靴。要走雪地，一定得穿这个。

"哦……"王鹏翔拿起靴子，翻过来掉过去地看。这东西的式样过于现代化，拿在手里感觉很轻巧。"为什么不穿你们当地人那种厚实的靴子？很酷嘛。"

雅库特人习惯用鹿皮制成靴子，现在成了本地的一种工艺品，王鹏翔在街头的商店中经常看到它们。阿婕丽娜托起一只靴子，掂了掂说道："你瞧，红外隔热层、高强度塑胶，这比当地人的传统靴子轻一倍，保温性能更好。这次去，我们要节省体力。"

王鹏翔拿着靴子，忽然想起什么，又拿过包装盒仔细翻看起来。盒上印着俄英两种文字的说明，果然，他在英文说明中看到一行小字："made in china"。王鹏翔得意地把这行字给两个俄国女孩看："早知道，我从国内买好带上就行，可能还会便宜。"

"你在中国不可能买到。"达丽娅向他摇了摇手指，"这是专为本地人定制的靴子。此外就是野战军人，还有科考队员才穿它。它不是给'热带人'穿的。"

他们又租好一辆旧越野车，还灌了几大桶汽油，放到车厢里。深入西伯利亚腹地，不要指望有加油站。在这种天气下，油不仅是燃料，还是他们的生命。

站在越野车旁，阿婕丽娜问王鹏翔会不会开。路途漫长，她需要有人替换着开车。王鹏翔围着车子绕了一圈，又坐在驾驶室里摆弄了一番，表示没问题。如果有辆坦克摆在这里，他也可以开走。只是，他还没换到俄罗斯的临时驾照。

"没关系，在城里我开车。"阿婕丽娜说道，"出城到了没人的地方，我会请你替换一下。"

才下午三点钟，天色已经渐黑了。他们采买妥当，来到城中那座巨大的冰城克里姆林游玩。这座冰雕占地一个足球场大小，据说已经申报了世界最大冰雕的吉尼斯纪录。"城墙"上有一些尖塔，里面还有俄国特有的"洋葱头"

式建筑，同时也有宽大的蒙古包。冰雕场里到处都有灯饰，因为天黑，都已经开启，整座冰城在灯光照耀下晶莹剔透，美不胜收。

王鹏翔流连其间，不知不觉和两个女孩儿走散了。开始他还很有自信地找了一阵儿，但在这座巨大的冰迷宫里越绕越远。于是他决定老老实实站住，拿出刚买好的当地手机准备呼叫两个女孩子。他突然抬头一看，按键的手停了下来。

此时，王鹏翔正站在一条冰通道里，不长的通道中除了他，只有一个人，双腿微分，双手插在口袋里，面对着他。此人的头面捂得很严，只露出一双眼睛来。这倒没什么，当地人都是这副打扮，王鹏翔也是如此。问题是，那双眼睛似乎正怀有敌意，死死地盯着他。

王鹏翔不明就里，他走了几步，那个人纹丝不动。如果不是穿着普通外套，简直像是冰雕的一部分。距离到十米远时，王鹏翔看清楚了，对方就是在盯着自己！

"哈拉肖（你好）。"王鹏翔用生硬的俄语打招呼。

对方毫无反应。

"我认识你吗？"他又用英语问道。

那个身高不到一米七的矮个子一言不发，眼睛一眨不眨。

王鹏翔忽然想起阿婕丽娜的劝告，这里有些光头党，爱找外国人的麻烦，遇到了最好不要理他们。他刚想转身走开，眼角的余光看到对方如离弦之箭般

冲上来。王鹏翔闪身躲开……

动作一做出,他才意识到自己脚下踩的是冰走廊!好在有那双专用靴才没有摔倒,但也站立不稳。靠着卓越的平衡能力,王鹏翔调整好身体,再次躲开对方的攻击。

三四招后,王鹏翔就被逼得从一个冰窗洞里跳到中庭。那里场地宽敞一些。来人像只松鼠,居然爬到冰柱上,居高临下向他袭击。王鹏翔狼狈地躲闪着,只觉得那个人像是有三头六臂,能从四面八方向自己进攻。

不行,最好的防守就是进攻。于是,王鹏翔一连串组合拳打了出去,居然也把对手逼退了几步。

几招过后,王鹏翔已经适应了溜滑的地面。那个人在冰桌、冰椅、冰柱的缝隙里和他周旋。王鹏翔一时兴起,在狭窄的冰场上和对方追逐起来。来人爬上冰墙,他也爬上冰墙。来人翻滚上蒙古包,他也翻滚而上。来人沿斜坡直溜下去,他也照做。

最后,两人一追一逃,来到一间冰舞厅里。这里再没有那么多杂七杂八的东西可以躲闪隐蔽。王鹏翔看到对方有个破绽,挥拳打过去……接着脚下一滑,重重地摔倒在地。

"武术大师,你怎么躺在地上啦?"耳边传来阿婕丽娜的声音,她和达丽娅有说有笑地走进来,正看到王鹏翔仰面朝天躺在那里。阿婕丽娜以为他只是不小心滑到了,根本没在意,也没来扶他。

"你们有没有看到一个矮个子走出去？"王鹏翔爬起来左右观察，一个人影都没有。

"矮个子？没有啊，我们进来时，这里只有你。"

王鹏翔站起来，抡抡胳膊，动动腿。没事，自己没受伤。他把刚才的经历给两个姑娘一讲，达丽娅连连摇头，就是阿婕丽娜脸上都浮现出不相信的神情，"怎么能有这种人冒出来？他伤害你了吗？"

"没有，他好像就是要试试我的武功。"

"结果呢？"

结果？王鹏翔回想刚才的情形，结果只能证明自己被对方戏弄于股掌之中！"你们雅库特人里面有没有什么武术大师？"把刚才的格斗过程描述一番后，王鹏翔问达丽娅。达丽娅摇摇头告诉他，他们民族擅长摔跤，他说的这些功夫，听起来倒好像一个杂技演员擅长的。

三个人摸不着头脑，觉得里面玄机重重，于是便先回家休息。

这个神秘人，就是科查夫的忠实打手弗拉基米尔·索伊费尔。听古拉耶夫说，他在香港遇到一个神秘的东方男孩子，居然可以和"白狐"对抗。科查夫产生了浓厚的兴趣。

与肖亚玲的担心不谋而合，他们也怀疑世界某个角落里可能存在与"白狐"类似的超级武术。但是这么多年下来，"白狐"们遇到的都是只接受普通训练的敌人，每次都能轻松过关。只有这一次，一个"白狐"在实战中遭遇了堪堪

可以匹敌的人。

通过自己的情报网，科查夫知道阿婕丽娜要带王鹏翔来到雅库茨克，便让索伊费尔赶到那里，亲自试探。返回后，索伊费尔交给老板一段录像。原来，在挑动王鹏翔出手前，索伊费尔就在冰城里布置了录像机，全部打斗场地都是预先安排的，索伊费尔引逗他在监视视频前暴露身手。

"此人有点功底，远超过一般军警特工，但和我们'白狐'还是没法比。"索伊费尔评价道。

科查夫看着录像，表情凝重："不，这不是他真实的表现。咱们都经历过快速习服的训练，他没有，功夫上打了很多折扣。"

当人体突然从热环境进入冷环境时，更多的血液要从身体中心部位流向周边，以抵御寒冷。反之，从冷环境突然进入热环境，血液就更多地从周边流向中心。这一来一往会导致肢体僵化，动作变化，注意力下降。活动效率会比平时下降百分之几十。

当然，人体拥有强大的适应能力，所以在新环境里待久了，活动能力又会逐渐恢复到正常水准，这个过程叫"习服"，但通常需要几天时间才能完成。所以，专业体育运动员在温差很大的两个地区间穿插比赛，经常会吃"习服"速度过慢的亏。比赛日期已到，身体还没有适应新温度。

当年"白狐"训练的一项重要内容，就是加快身体的习服速度，保证在几十度温差下动作不变形。他们交替进入人工制造的高温环境和低温环境，一进入，便要马上完成平时的技战术动作。就这样，一点点加快自己的习服过程。古拉耶夫敢于钻进起落架舱潜入各地机场，靠的就是这种本事。

而这个不到二十岁的东方男孩，显然没接受过这种严酷训练。所以，科查夫没敢低估他。

神秘人的出现，让两个年轻人再次陷入担心之中。他是冲着谁来的？阿婕丽娜还是王鹏翔？后者的可能性更大。这意味着有人看破了王鹏翔的秘密？可除了被关在中国监狱里的几个黑帮成员，就只有一个人见识过他的武功。

一个白人，而那个人也曾经袭击过阿婕丽娜！

"看来，我和你被绑在一起了。"王鹏翔苦笑道。

达丽娅建议他们去报警，两个年轻人想都不想就拒绝了。他们都有不愿意让官方知道的秘密，而且这个人也没带来实质性的侵害。王鹏翔认为，此人只是想试试自己的武功，手下留情。如果以命相搏，自己早就完蛋了。不要说真实的功夫之间有多大距离，单是那个人选择偷袭的地方，他就难以适应，而对方却如履平地。

"听上去，那个人倒真像'白狐'。"阿婕丽娜告诉王鹏翔，那种小动物的脚掌上生有长毛，可以在坚冰上奔跑。

第二天上午，两个人决定按计划出发，管他来人是谁，一切等找到阿婕丽

娜的父亲再说。

雅库茨克只有三十万人，很快车子就出了城，在茫茫原野上开出几十公里。放眼四处，王鹏翔才意识到什么叫作"没有人的地方"。视野里不光没有一个人，甚至没有一辆车、一幢房。如果不是眼前有条公路延伸到天边，王鹏翔简直怀疑自己到了外星球。

萨哈共和国的面积相当于整个印度，人口才百十万，而且集中在几个大居民点里。到了荒郊野外，开上一小时都见不到一处村镇。"辽阔"这个词的含义，王鹏翔对它有了终极的体验。

"我父亲有什么样的武功？那种功夫真那么吸引你吗？"阿婕丽娜开着车，好奇地问道。

这个问题王鹏翔并不好回答。想了想，他又回忆起和陌生人在香港两次交手时的情形。"你瞧，这么厉害的一个人，一招打翻世界拳王，他还要寻找你父亲，想知道他现在修炼到了什么程度。你想想，你父亲该有多厉害？我的专业是运动科学，人类的运动能力能达到什么境界，我对此特别着迷。"

"是啊，这种能力是很吸引男孩子的。"阿婕丽娜倒是不以为然，"我找他，只是因为他是我父亲。"

白茫茫大地真干净，两人驱车从萨哈共和国的东北角直插西南方。长达一千数百公里的路上，很多时间连辆过路车都见不到。两个人聊着天，排遣着旅途的寂寞。"达丽娅当年真是跳水队员？现在快像个皮球了。"王鹏翔笑道。

"她当然是运动员啦。不过当年在'热带'住,容易控制饮食。这里这么冷,控制饮食很难,她自己也不想控制。"

"热带?北非还是西亚?你们体操队还要去那里训练?"这是王鹏翔两天里第二次听到"热带"这个词。

阿婕丽娜又被逗笑了。她告诉这个来自南方的小伙子,在雅库茨克人眼里,莫斯科就是"热带"!

他们又谈起谢尔盖的种种神奇之处。阿婕丽娜告诉他,小时候经常听母亲讲父亲那些特殊的生活习惯,其中之一就是吃不放佐料的饭菜。于是阿婕丽娜忽然想试试,连续一周只吃水煮菜和肉。结果有一天妈妈一回家,阿婕丽娜立刻闻到一股大蒜气味。蒜是妈妈刚从市场上买回来的,还放在塑料袋里。原来人的鼻子能够这么敏感?我们的感官平时被各种频繁的刺激搞得麻木了。

每隔两小时,两人就交换一下位置。有些路段被冰雪覆盖,车子开得越来越慢。这些公路都是 20 世纪 70 年代修的,经历许多年寒来暑往,路面有不少破损,却无人维修。"夏天这里就会好多了吧?"王鹏翔问道。

"夏天这里有的地方能到 30℃!蚊子大得能吃人。"

30℃,这意味着从冬到夏,此地一年会有七八十摄氏度的温差!王鹏翔望着窗外冰封的大地,想象不出这里和北京一样热时会是什么情形。

车子刚开出雅库茨克城时,两个人不停地望望天空,望望后面,想象着可

能的追踪者。不过很快,他们就把心放了下来,这辆车是整个原野里唯一的活动物体。除非追踪者能调动卫星,否则没人注意到他们。

太阳在这个季节只能坚持到下午三点钟,很快他们就沐浴在北极光下。王鹏翔忘了担心,也不再想此行的目的,隔着窗户贪婪地用眼睛"吞食"着美景。

到了第一天晚上,他们已经驶过大半路程。两个人开着暖气,睡在车子里。作为资源大国,俄罗斯缺什么也不缺油料,他们整夜烧着暖气,缩在驾驶室里。一时睡不着,两个人便继续聊着天,话题大多围绕着两个人的父亲。

阿婕丽娜也很喜欢听关于王轩的故事,他如何花二十几年的时间,完成对终极武术的研究。这个中国人很像自己的爷爷和父亲,执着一生去追求某个目标。这让她对自己的父亲也越来越有信心,相信他的精神不会像佩舍夫大叔那样垮下去。

阿婕丽娜经常和母亲讨论父亲现在的状况:他会在哪里?会是什么样的人?随着时间的流逝,谢尔盖始终没有现身,伊丽娜越想越悲观,觉得他要么死在某个不知名的角落里,要么成为一个流浪汉、醉鬼。

如今,越听王轩的经历,阿婕丽娜越觉得他像是自己的父亲。这里面没有多少道理可言,但阿婕丽娜很愿意相信,这是她的精神寄托。

"唉,你对你父亲这么有信心,当年我要是像你一样就好了。"王鹏翔说着说着,长叹一声。

"你的意思是?"

"爸爸活着的时候,我经常能看到他。但我以为他就是个普通办事员,根本不知道他有多伟大。"

提到往事,王鹏翔就生出无限惆怅。现在他有无数的话想和父亲聊,但是最多只能钻到虚拟世界里,看看那个化为数字信号的父亲。"为什么我一定要帮你找到父亲,这也是一个原因。我想让你少一些遗憾,他们有可能同样伟大,他值得你寻找!"

不知什么时候,王鹏翔睡着了。夜里他醒过来,看到阿婕丽娜斜倚在座位靠背上熟睡,一头金发半盖着脸庞,在北极光的映照下格外妩媚。王鹏翔的心脏不禁怦怦地跳得快了许多。

这是怎么回事?

自从情窦初开,王鹏翔经常设想自己将来会找个什么样的女朋友,那里面根本不会有一个金发碧眼的选项。所以两个人相处日久,他也没往那方面去想,可今天……

王鹏翔赶快闭上眼,他怕阿婕丽娜突然醒来,发现自己正盯着人家看。

第二天清晨,王鹏翔一觉醒来,打开车门,走下去活动身体。原野里除了风声,非常寂静,左面一座山,右面一片泰加林。

"我怎么会在这里?"王鹏翔睡得有点迷糊。

突然,地面上掠起一道白色闪电,把王鹏翔吓了一跳。严寒的西伯利亚原野上不容易看到活物,这只白色精灵成为他的视野里唯一活动的物体。

阿婕丽娜也走了出来，看到了那道远去的白影。

"那是什么？不是我看花眼了吧？"

"不是，那就是咱们要找的东西！"阿婕丽娜一语双关。原来那就是白狐，这片荒原的主人。

白狐，又名北极狐，西伯利亚原野上的优势物种。除了贪图它们皮毛的人类以外，没有什么真正的天敌。白狐与坦克般的北极熊采取了不同的生存之道，它们身体小巧，感觉异常灵敏。当它们行走在荒原上时，可以闻到附近洞穴里田鼠的气味，在怒吼的狂风中听到猎物的声音，然后捣毁其洞穴，进行捕食。

在西伯利亚，不少土著部落将白狐当成图腾。萨满巫师作法的时候，少不了拿着狐毛、狐皮做成的法器。更有的人认为有精灵附在白狐身上，甚至有些部落认为它就是死者的灵魂转世。

和被视为傻大笨粗、结实耐用的前苏军重装备相反，马卡列维夫将他的特种部队命名为"白狐"，也是取其灵敏机智之意。看着白狐消逝的地方，王鹏翔忽然想起一句中国成语：神龙见首不见尾。或许，白狐的行为也有类似的意境？

一天就走完一多半路程，让两个年轻人大意了。再往前走他们才发现，与其说是行驶在公路上，不如说是行驶在公路的痕迹上。这里的基础设施本来就不好，俄军大收缩时，不少小城市被整个放弃掉，当地人纷纷移居到发达地区，于是更没有人管理这些公路。每年一次几十度的温差折磨，让路面热胀冷缩，破损严重。前面的路好像被轰炸过，到处都是坑。他们小心翼翼地绕过一个个

坑，爬坡下坎，身子不停地被颠起来又落下。开车走了一天，他们才驶过两百公里，身子被颠得酸疼不已。

如果不是对面偶尔还有辆车子迎面驶来，两人会认为自己开错了路。每遇会车，阿婕丽娜都会跳下来询问对方。回来后则耸耸肩，表示没错，继续往前开。

第三天，他们又把路程缩短了一百多公里。躺在北极光下，两个年轻人都不愿意说话，他们疲惫到极点。透过车窗望着周围的原野，王鹏翔心里升出寒意。这才是真正的大自然，一点人类的烙印都没有。他们两人融入其间，就像微尘一样渺小。

第四天，两个人终于进入奥廖克明斯克——距离目标最近的小城。全城只有万人，冬天更没有客人前来。这里只有一家旅馆还在营业，给他们留下歇脚之处。

第二天醒来，阿婕丽娜找到老板娘去问路。虽然有格罗纳斯导航装置，但上面不会出现军事目标。店主人告诉她，到那里完全没有路，他们只能走着去。

马上就要揭晓答案，兴奋劲儿让他们暂时忘记浑身酸痛。两人把车子寄存在店里，带好装备，肩并肩走进寒风之中。

当天下午，他们来到奥廖克玛陆军基地。这里曾经是俄罗斯北极部队的后勤基地，现在也已人去楼空。此时他们的武器只有电击器。熊在这个季节都

冬眠了,但是狼群还偶尔出没。阿婕丽娜把两个电击器都充好电,一人带上一个。

破旧的大院里还停着几辆装甲运兵车。"你好像开过许多车,这种车你能开吗?"阿婕丽娜问道。

"我只开过中国的装甲运兵车。不过我想,结构大同小异。"

阿婕丽娜上下打量着他:"你才多大啊,就开过这么多种车? 不会是在吹牛吧? "

王鹏翔和她讲了实话,自己是在虚拟现实模拟器中练习的驾驶这些车子。不过,那东西逼真到就像在真车的驾驶室里。

阿婕丽娜听罢不以为然。她见识过模拟器,不过是坐在电视屏幕前,摆弄固定的模拟设备而已。王鹏翔也不好多解释,不穿上那套压力传感服,谁也不知道虚拟现实能逼真到什么程度。

这个基地一面靠着森林,那是奥廖克玛自然保护区,另一面就在勒拿河边上,那是一条世界级的巨川。长江与黄河加起来,流域面积才堪堪与其匹敌。只是因为勒拿河流域人烟稀少,最后又汇入北冰洋,所以少人关注。奥廖克玛河是它的一条支流,两河相汇后,勒拿河的水面宽达两千米。这个军营就建立在两河交界口上。

此时河面冰封,冰层之厚,可以在上面开行坦克。军营建筑低矮,屋顶上的雪就有一米厚,因为无人维护,有些建筑的顶棚已经被压塌了。看到这个情形,阿婕丽娜有些心酸,父亲就生活在这种地方?最差的修道院也比这里强百倍。是什么力量让他远离人间?

王鹏翔看到这个情形,反倒心生怀疑。这与他想象中强大的苏联红军军营相去甚远。会有人住在这里?如果谢尔盖真在这里隐居,与其说是位世外高人,不如说是个精神病人。

"你那位佩舍夫大叔,他说得会不会有错?或者,你父亲曾经在这里,但早就走了。"

"没错,他说,他现在还能和我父亲联系。"

那么就是说,谢尔盖虽然隐居,但仍然掌握着现代化的联系方式,能与远在香港的佩舍夫联系。这样就缩小了寻找范围,军营里一定有某处还保留着基本的居住功能。

要度过这样的寒冬,那还必须有一台发电机!

但是,两个人走过一排排宿舍、一间间食堂、仓库、旧军械库,到处都像坟墓一样。佩舍夫如果曾经住在这里,他已走了十几年。年复一年,大雪早就卷走了他们生存过的痕迹。

忽然,王鹏翔看到一件怪东西,那是一架飞机的垂直尾翼,不过比一般飞机的大得多,它从一片平房后面升起。奇怪,这里没有机场,怎么会有这样大的一架飞机?两个人绕过平房,立刻被眼前看到的东西震惊了。

这是一架巨型飞机,长度接近一个足球场。王鹏翔进入俄国时坐过空客的 A380,和它相比像是小弟弟。但这东西又不完全像飞机。它的机翼宽而短,每侧却装着四台发动机,合计八台。它的背上有四只圆筒,排成纵行,斜指前方,像是军舰上的导弹发射器。前部后背上还有一个雷达整流罩。

王鹏翔站到机头下面时,必须仰望才能看到驾驶室。"天啊,这么大,这是什么,你知道吗?"王鹏翔好奇地抚摸着它的起降架,"好像是一架运输机?"

阿婕丽娜摊摊手:"不知道,我对军事技术没兴趣。苏联时代,我们可能有许多这种秘密武器吧。"

王鹏翔也很少关注军事技术。不过作为一个理工科优秀毕业生,他能看懂一些浅显的原理。靠那两个短而宽的机翼,这东西肯定飞不高,甚至不一定能飞起来。再看看它的机头,朝着五十米外的河面,下面还有一道滑轨直接插到冰中。这似乎是一架水上飞机,可以在河面上行驶,不过它却没有起落橇。

不管这家伙曾经是否能飞起来,现在肯定报废了。机身下面每侧有几个金属支架,这架看上去笨头笨脑的东西就睡在上面,不知道有多少个年头了。因为蒙皮由铝合金制造,所以没有被冰雪覆盖的地方还呈白色,而下面的金属架则锈迹斑斑。

他们围着金属巨兽绕了半个圈,阿婕丽娜突然站住了!机体处处都有冰壳,但一侧舱门暴露在冰壳之外,显然有人经常进出这里!

好半天,阿婕丽娜才发现,自己正紧紧抓住王鹏翔的手。后者也很紧张,那扇门打开后,他会看到一个什么样的人?满脸胡子的野人,还是一个阴沉沉的杀手?

呆了有十几秒,他们才意识到,这里最近有人进出,不等于现在里面就有人。不过,舱门离地面有近三米高。舱壁溜滑,爬不上去。两个人在周围寻找着趁手的东西。最后找到一个金属架,勉强可以搭到机身上。王鹏翔扶着它,让阿婕丽娜先上去,扒到舷窗上向里面张望。看着看着,她用力拍起门来。一下,两下,里面没有人应答。

阿婕丽娜用力拉住门闩,向一侧猛推。理智上她没有考虑这扇厚重的门能打开,只是找了那么久,答案似乎已经到了眼前,感情占了上风,一时心急出了手。

看到阿婕丽娜突然发力,王鹏翔担心她站不稳,下意识地伸出一只胳膊,想去扶她。然而两个人同时呆住了,那扇门居然滑进了舱壁,显然它不仅没有锈住,还保养得很好,滑道里经常有人上润滑油。

真的有人长期住在这里!阿婕丽娜激动地翻身爬进去,过了片刻她才想起来,探出身子,把王鹏翔也拉了进去。

苏联解体前后一段时间,军队从各地收缩,大量军事设备和基地荒废掉,有的甚至永久被废弃。那时候,坦克装甲车都只卖废铁价。军事基地因为远离

城市，没有其他实用价值，这些地方一旦被放弃，就再没人关注。王鹏翔估计，从这里直到奥廖克明斯克，方圆几十公里内都不会住人。

钻到金属怪兽的肚子里，两个人仿佛走进一间大厅，或者船舱，而不是飞机的舱室。里面大部分地方空荡荡的，最宽的地方可以摆下一个篮球场。此时，周围摆着一些奇怪的设备，它们是一些支架、显示灯、链条的组合。王鹏翔围着它们转了几圈。

"你知道这些是什么吗？"阿婕丽娜好奇地问道，"似乎不是军用设备。"

"好像是一些心理训练仪器……"王鹏翔来到一台简陋的仪器前，端详着。那是一个平台，上面有两个键，左面是金属的，按不动。右边是塑料的，可以按下去。王鹏翔分别把两只手放上去，比画着说："这应该是反应时测量仪，左手感觉到电流刺激时，右手按下右键，仪器记录下整个反射的时间。当然，练多了，人的反应速度就会加快。"

王鹏翔又走到一对架空的金属轨道旁，那对金属轨道架在人的面部那么高的位置上，长有三四米，两轨相距正好是两眼之间的宽度。每条轨道上都摆着一个几厘米高的小玩偶。站在轨道的一端，可以通过细线控制上面的玩偶，让它们在垂直于视线的方向上前后运动。

"这个是深度知觉测试仪，两只眼睛判断物体远近会有差距。人站在轨道一端，用细线调整两个玩偶的位置。当你觉得它们在一条线上时就停住。然后转在侧面，看看两者之间有没有差距。这个差距越小，深度知觉能力越好。"

"听上去很尖端的样子？"

"不，这只是人类的基本能力。我们实验室就有深度知觉测试仪，但是要高级得多，能精确到毫米。"王鹏翔拉了拉两根细线，"瞧，这里只是简单的机电设备，都没连上计算机。要想计算测试的结果，还得手工录入。"

不光是这几件东西没连上计算机，这只金属怪兽的肚子里根本没有计算机这种深入千家万户的寻常设备。"如果这是个心理学实验室的话，也就是20世纪70年代的水平。"王鹏翔评价道。

这个猜想与事实可能差得并不多。阿婕丽娜的爷爷就是在20世纪六七十年代，靠这些简陋设备，开始研究人类各种感知能力。

他们又去检查其他地方。靠近驾驶室的位置上，有人用金属板隔出一个小空间。两个人走过去，发现小间没门，只有一个两人擦肩可过的空隙。他们谨慎地走进去。室内没有灯，只有阳光从舷窗里透进来，显得很昏暗。王鹏翔拿出手机，打开里面的超级手电筒。

一张彩色照片出现在他们面前的驾驶台上，那是一个额顶已经脱发的中年人，目光内敛。看到这张照片阿婕丽娜哭出声来："是他，真是他。"

"这是你父亲？"王鹏翔感觉照片上的人穿着打扮有点过于复古。

"不，这是我爷爷亚历山大，莫斯科大学心理学教授，这是他在20世纪70年代的照片！"

阿婕丽娜的第一个反应，就是攀着机舱门的下沿跳到外面，在营房的雪

地上奔跑着,高喊着"爸爸"！喊了几声她忽然意识到,父亲从来没见过自己,于是就改喊"谢尔盖先生"。王鹏翔也跳下来,跟在她左右。

几百米开外的一个隐蔽处,佐林、灰熊和断指等人都埋伏在那里,通过设在钢铁怪物里的窃听器,监听着两个年轻人的谈话。从这个位置用望远镜,他们还能看到阿婕丽娜在营地里奔跑。现在至少一个谜解开了,不久前他们从机舱里面发现的东西,确实属于谢尔盖。

喊了一阵,营房里没有任何回音。阿婕丽娜又返回机舱,寻找其他线索。不过,再没有任何东西能让他们联想到谢尔盖。这里甚至没有一片纸,除了舱壁、设备和几个箱子上印着的俄文字母,他们再也没有找到任何文字。

终于,王鹏翔拉住阿婕丽娜,向她表示了自己的担心:"我觉得,你父亲离开这里很久了。"

阿婕丽娜没有说话,眼泪扑簌簌地流出来。被怜香惜玉的本能所支配,王鹏翔把这位俄罗斯姐姐轻轻地搂在怀里,让她靠着自己的肩膀抽泣。

好久,阿婕丽娜才站直身子,抹抹眼泪:"没什么,毕竟,我比以前任何时候都接近他。"

"哦……不是,我想,咱们还应该注意另外一个问题。"王鹏翔发现这个姑娘已经被思念所笼罩,没有看到一件很明显的事实,"如果你爸爸不在这里,这几张照片是谁摆出来的？好像就是要吸引咱们看到！"

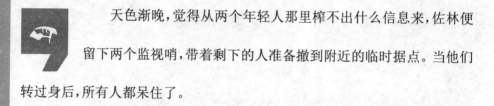

天色渐晚，觉得从两个年轻人那里榨不出什么信息来，佐林便留下两个监视哨，带着剩下的人准备撤到附近的临时据点。当他们转过身后，所有人都呆住了。

一个看不清面目的小个子中年人就站在他们背后，离这群人中最近的一个不足三米，仿佛是从雪地里钻出来的。他把双手放在身体两侧，微微撑起，蓄劲待发。灰熊见状半弯下腰，准备扑上去。断指把手伸到裤袋里，随时准备拔枪。其他人则都拔出枪，对准来人。

虽然在半秒钟之内，他们都做出了正确的反应，但内心里都有点自惭形秽。让这个人欺近到身边，那是这些专业人士从未有过的败笔。如果对方拿着枪，现在他们就都是死人了。

如果来者是特种部队成员，他应该穿白色的迷彩服，以便让别人看不到自己。如果他是科考队员或者户外爱好者，应该穿红色或者橘黄色外套，以便让别人从更远的地方发现自己。不过他现在只穿着普通的保温服，是从中国大批进口的廉价货。这个矮个子走到雅库茨克或者奥廖克明斯克街头，不会有人多看他几眼。

僵持片刻，佐林忽然意识到了他是谁。"谢尔盖？您是谢尔盖先生吗？"他的声音有点颤抖。

来人一句话不说，由于头套掩住面部，谁也看不出他的表情，只感觉到那双锐利的目光在切割着自己的身体。

佐林放下枪,摆出友好的姿态:"谢尔盖先生,我曾经是马卡列维夫将军的下级,所以我想……您可以信任我。"

谢尔盖,或者说这个神秘人仍然一言不发。听到"马卡列维夫"这个名字,也没让他有丝毫表示。不过,他并没有否认自己是谢尔盖,这就足够了。佐林鼓起勇气,朝着谢尔盖走了几步,后者仍然纹丝不动。

"请原谅我们用这种方式来找您,实在是事态紧急。您可能不知道,这些年科查夫的势力越来越大,用他那套把戏迷惑了很多上层人物,给国家安全带来了严重威胁。所以我们想请您再次出山,像您以前做过的那样揭穿他。"

神秘人没有动作,也没有发出声音。断指和灰熊看了看佐林,这位老大是不是把人搞错了?或者,面前这个神秘人根本就是个精神病人,无法与他人正常交流。

"真的,我们对您毫无恶意,只是不知道您现在在哪里,所以才出此下策,打扰了您的清静。"佐林忽然意识到什么,忙转身招呼那些诺维科夫找来的精英,"都把枪放下,谢尔盖先生没有恶意。"

专业保安们把枪口都放下,不管此人有没有心怀杀机,他毕竟只是一个人,而且没掏出任何武器。即使他是只"白狐"又能怎么样呢?他们有理由让自己镇定下来。

神秘人迈步向他们走来。断指那只健全的手仍然放在口袋里,握枪握得更紧了。灰熊的两条腿一前一后站立,把重心放到后脚上,随时准备扑出去。

神秘人对此浑然不觉,他从他们中间穿过去,朝着营地方向走去,人们自动给他让了条路。

"我们了解您,您不仅仅是个职业杀手,还疾恶如仇。您的正义感在您过去历次行动中都有所体现。对于那种欺世盗名之徒,您肯定不会置之不理。"发现对方没有反驳自己,佐林大起胆子继续劝道,"再说,那个科查夫盗用您父亲的发明,谋取他个人的私利,您也不会让亚历山大先生的伟大英名被一个小丑利用吧?"

听到佐林给来人抛出一顶顶高帽,灰熊和断指都皱起了眉头。不管这人是不是谢尔盖,显然对此并不买账。佐林也不敢激怒对方,只好看着他消失在越来越昏暗的暮色中。

在金属怪兽内部,两个年轻人还不知道远处发生了什么。当他们发现自己徒劳无功时,才意识到一个问题,两人徒步回到奥廖克明斯克,还要走几个小时。黑夜降临后行走在原野里,意味着要和野狼打交道。可是,他们要留下来,在这里又找不到发电机和取暖设备。

这可不是闹着玩的,两个年轻人再次翻找整个金属怪兽内部,终于找到一堆军大衣,那是苏联北极特遣队的制服。两个人把其中几件铺在地板上,剩下的围在身上。"咦?刚才咱们怎么没看到这些衣服?"王鹏翔忽然想起了什么。

"刚才……可能我们疏忽了吧。"阿婕丽娜回答说,"我急着找和父亲有关

的东西，没顾上这些杂物。也许它们就在这里。"

"不对啊，我可是翻过这片地方的。"

"你记得清楚吗？"

王鹏翔不敢确定，好在这似乎不是什么大问题。两个人回到大衣堆里，自然而然地相拥相抱，彼此以身体取着暖。

夜里，王鹏翔在小睡中醒来，发现几十厘米远的地方，俄罗斯姐姐那两只大眼睛正盯着舷窗外面发呆。"阿婕丽娜，你怎么不睡？"

"你听……能听到什么吗？"

王鹏翔侧耳细听，除了隐约的风声外，什么也听不到。或许有野狼的声音？王鹏翔拿不准。

"我没听到什么。"

"是的，什么也没有，这才是问题。他为什么要待在这里？一个什么都没有的地方？"

现在，阿婕丽娜已经无限接近她的父亲，与那个人活着见面的可能扩大到极点。接下来她要面临另一个问题：他究竟在训练什么？他的精神是否正常？在这个环境待上几年、甚至十几年，怎么也不像一个正常人的所作所为。

"你爷爷究竟制订了什么样的训练计划，你妈妈一点儿也不知道？"

"他？哼哼，爷爷恨不得我妈立刻从爸爸生活里消失，没有任何理由，就是不愿意两个人来往。再说，妈妈就是能和爷爷说上话，她也听不懂那些专业术语。"

温度越来越低,两个年轻人就是捂着军大衣,依旧睡不着。阿婕丽娜忽然跳起来,一边活动着身子一边说:"不睡了,你想不想看我跳字母?"

"想啊!我到现在也没猜明白,那是怎么回事。"

阿婕丽娜翻出备用光源,在舱室里照亮了一小片地方,权当是舞台。她活动开身子,把外套脱掉,然后背对着王鹏翔翘起了屁股。

原来,"跳字母"就是用臀部在空气中画出字母的笔画。这类动作需要胯、腰等部位高度的柔韧性和协调性。当然,这样做也相当性感,所以它是体操女队里面流行的小段子,轻易不让男生看到。

不一会,阿婕丽娜就用臀部写下了"你好""兄弟"两个词。"怎么样?再穿少点我会跳得更好。"阿婕丽娜笑道。

王鹏翔看得口干舌燥。他发现阿婕丽娜已经停下来,转身和自己说话,为了掩饰失态,也跳了起来,脱掉外套。"我也来试试,这个挺考验柔韧性的。"

还没等王鹏翔开始跳,阿婕丽娜就把他拦住:"不不不,我是俄国人,我要跳西里尔字母。你是中国人,你得跳汉字才行。"

"啊,不会吧?"

"这才合理嘛,就跳你的名字吧。"

……

外面寒气逼人,机舱里面却充满了温暖的气氛,两个人用游戏化解着紧

张和焦虑。机舱外面,佐林和保安精英们还在监视着这里。他们拥有红外监视器,所以知道这边的情形。谢尔盖或者被佐林认成谢尔盖的那个人,他爬到金属怪兽背上,蜷缩在一个金属筒里,再也没出来。

"他会不会伤害那两个人?要不要过去看看?""断指"提议道。

"不,他在保护自己的女儿!"佐林摆了摆手。

除了他就是谢尔盖本人外,再也没有理由解释此人现在的行为。

第七章
沉默的强者

夜深了，活着的人都不宜留在露天地里，佐林等人撤到附近土丘背后，钻到越野车里。几个小时后，智能闹钟监测到大气中的辉光达到一定的亮度，就用微电流把他们叫醒。一行人重新回到监视位置，却发现金属怪兽的舱门开着。

佐林观察了一会儿，觉得不对劲，就示意断指抵近侦察。在这群人里，断指的潜伏技术最高明。只见他或隐或伏，依次通过残墙断壁，轻手轻脚地来到金属怪兽前。断指朝上面望了望，通过对讲机告诉他们，里面没有人！

断指翻进机舱，佐林带着其他人也跑了过去。没错，两个年轻人已经走了。里面的东西除了照片，他们什么都没带走。

两个年轻人不是重点，重点在于谢尔盖。佐林跳下去，钻到发动机壳里一看，神秘人并不在那里。他们把金属怪兽搜了个遍，除了雪地上的几个新鲜脚印外，什么都没找到。

"要不要守着这里？"灰熊建议，"这是他的家，他要回来。"

"这样……像是不太礼貌。"佐林对谢尔盖的印象，还是来自那些文字报告，它们记录了相识的人对谢尔盖的描述。那个人虽然不合群，但很有正义感。"我们先回去……"

突然，他们都怔住了。谢尔盖不仅在眼前，甚至就在几个人中间的位置上，仿佛从平行空间里移动过来的。一群久经训练的保安队员被外人插入队形，这可是前所未有的事。

"谢尔盖，你终于想通了……"

佐林话音未落，谢尔盖闪电般地扑向断指。断指并不相信这个怪人，早有准备，一边掏枪一边射击。两个动作之间只相隔零点二秒。

"砰！"

"啊！"

断指捂着裤裆蹲了下去。他已经做出扣扳机的动作，枪却被对手按在裤袋里，于是便阉割了自己。

就在这时，灰熊用与他巨大身躯完全不相符的速度闪到来人背后，双手将他环抱，大吼一声向外抛去。此招屡试不爽，只要对手被他抓住，抬离地面不能借力，就成了一只沉重的口袋任他抛弄。

谢尔盖也不例外，他被高高抛起，摔向灰熊预定的方向——金属机身。只见他在空中伸出两足，轻点机身，一个后空翻，又落到保安队长身边，脚踩到地上的同时，右手已经托起他的枪，向灰熊打了一个点射。灰熊情知不妙，已经穷尽最大速度去躲避，无奈身体横截面积更大。一声惨叫，摔倒在地。

都说"白狐"们办事从不用枪，现在他们才知道，"白狐"只是不喜欢用枪而已，真耍起来也是威力无穷。几个保安队员陷入尴尬境地，如果射击的话，谢尔盖正在他们中间，肯定会误伤队友。如果不射击，凭借徒手，他们能否打得过这个怪物？

显然，这就是谢尔盖想让他们陷入的困境。佐林并不属于这个群体，他是个文官，待在这里毫无作用，于是只身向远处逃去，背后不断传来打斗声，惨叫声。虽然经历过一些险境，但佐林的大脑仍然一片空白。"白狐"太恐怖了，他们简直不是人类。

佐林爬上越野车，发动车子扬长而去。他不用怕老朋友诺维科夫笑话自己，遭遇的可是"白狐"啊，能保住命已经不错了。一路颠簸中，佐林打通海事卫星电话，呼叫安全部联系当地驻军，派直升机来救援，同时要配备强大的火力。

四十分钟后，佐林在奥廖克明斯克附近遇上了直升机，他扔掉越野车，爬上飞机，指挥飞机重返废弃的军事基地。

在金属怪兽旁边，佐林看到了一群躺在地上的人，有的人身边还有鲜红的

血迹。佐林数了数，没错，自己带来的人都躺在那里了！

"指挥官，那里有伤员，要不要下去看看？"驾驶员问道。

"不！不能下去！"佐林的声音连自己听着都感觉可怕。他甚至不敢让驾驶员降低高度来观察地面，生怕谢尔盖像吸血僵尸那样，从什么地方一跃而出，抓住直升机不松手。

"他们中间可能有活的！"直升机驾驶员指着下面的斑斑血迹。

"不会的，没有伤员，他们都死了！"

"怎么没有，那个人就在动！"

果然，下面有个人仰面朝天，用一只手向他们招呼。他拖着受伤的腿，努力地爬着，爬着，后面拖着一道触目惊心的血迹。

"我要降下去救他。"说着，驾驶员就开始降低高度。

佐林神经质地晃着他的胳膊，差点让直升机抖动起来。"别下去，那是圈套！"

"老兄，你没事吧？"直升机驾驶员来自当地空军，对于这个阴柔的男人，他们本来也看不顺眼，"下面能有什么？狼人？吸血鬼？萨满精灵？"

当然不会是那些东西，但佐林也无法说清下面会隐伏着什么样的恶魔。看到他那张煞白的脸，驾驶员的情绪多少被感染了。"好吧，伊万，你准备索降！我用机关炮掩护你。管它跳出来什么，我立刻打个稀巴烂。"

直升机飞到伤员头顶三十米处，一个陆战队员垂在绳索上，护送着吊篮降到伤员身边。佐林拿着枪,神经质地瞄着周围地面。他是文官,没经历过这种阵势。恐惧,恐惧,他终于体验到面对"白狐"时的恐惧。

陆战队员把伤员在吊篮上缚好,拉起绳索,招呼驾驶员把它升上去。快到舱口时,佐林忽然想起什么,端枪瞄准伤员,让陆战队员揭开那个人的面罩。看清是诺维科夫的保安队长,他这才放下心来。

直升机匆匆离开营地,好半天,佐林才控制住打战的牙齿。错了,不应该寄希望于谢尔盖。科查夫是个阴谋家,谢尔盖完全是怪物!要消灭他,消灭他们!消灭所有"白狐"!

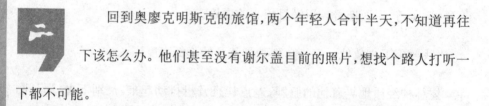

回到奥廖克明斯克的旅馆,两个年轻人合计半天,不知道再往下该怎么办。他们甚至没有谢尔盖目前的照片,想找个路人打听一下都不可能。

无奈之下,两人只好把东西放上越野车,准备返回雅库茨克。车子停在路边,他们上上下下地搬着东西,忽然,王鹏翔轻轻拉了一下阿婕丽娜,贴在她耳边小声说道:"别回头,路对面变电器旁边站着的男人,就是冰雕城里袭击我的那个人。"

阿婕丽娜没有回头,通过反光镜看看后面的情形。"你能确认吗?这里的人都穿得像熊一样厚。"

"我不是认他的脸,是认他的动作特征。"

"动作特征？你真能凭这个辨认人？"

"嗯，我说不清楚是为什么，但你要相信我能办到。"

阿婕丽娜二话不说，突然转过身，大模大样朝着那个人走去。王鹏翔大惊失色，只好硬着头皮跟上。那个人没有动，仍然站在风雪里。此时大街上没有几个人，不时卷起的雪像刀子一样刮在脸上。阿婕丽娜站在对方几米开外处，大声喝问道："我不知道你是谁，或者为谁服务。但如果你知道我父亲的下落，请告诉我！我只想找到他，作为他的女儿，我想他！"

如果此人摇摇头，摊摊手，耸耸肩，那也就算了。看着阿婕丽娜如此激动地站在面前，此人居然一动不动，正好印证了他们的怀疑。

"你告诉我，他在哪里……"阿婕丽娜还在朝对方走过去，王鹏翔突然意识到不好，一个箭步挡在她面前，大吼一声："退后！"

与此同时，对方的拳风已经到了他的面门。王鹏翔低头弯腰，生生用肩膀扛住对方的进攻。力量不足，他必须使用更为粗壮的身体部位与对方较量。

几下过后，王鹏翔居然没有被打中。这次较量，对手不再抱着游戏的态度，招招致命。王鹏翔的身体机能已经适应了此地的气温，技术能力大为恢复，两下里居然打了个平手。

就在这时，又是一道影子从路边闪出，扑向阿婕丽娜。后者也非弱女子，她在体操队受训多年，身体灵活，擅长闪躲。然而这次她却没有躲开，眼睁睁看着对方闪到胸前，向她伸出大手！

另外一只手仿佛从平行空间里探出来，擒住了那只手，接着把袭击者甩了出去。一个健壮的矮个子男人挡在阿婕丽娜面前。他穿着普通的保暖服，不普通的是他摘下面罩，露出了面孔。显然，他故意要让来者认出自己。

"谢尔盖……"第二个袭击者望着来人，喃喃自语。声音很小，但却盖过了风雪声，让阿婕丽娜听得真真切切。

另外两人也停止了打斗。王鹏翔看看那个袭击阿婕丽娜的人。没错，就是这个人，自己在香港与他两次交手。而那个挡在阿婕丽娜身前的人，长得很像她，也很像照片上的亚历山大。他的身份确定无疑。

令王鹏翔不解的是，两个蒙面的袭击者穿着和谢尔盖完全一样的保温服。难道这是他们的队服？又不太像，这只是俄罗斯大街上常见的一款保暖服，莫非只是巧合？

"老朋友，终于见到你了。"古拉耶夫走上去，和谢尔盖打招呼，甚至还伸出一只手，摆出握手的姿势。谢尔盖也伸出了手，但是没有握，而是朝着远处用力指了指。

"哦，不不，为什么要走？我们这么多年没见了……"话音未落，古拉耶夫已经欺到谢尔盖身边，用他那快如闪电的速度，双手分擒谢尔盖的两臂。

当阿婕丽娜的尖叫声发出来的时候，古拉耶夫已经滚倒在地，然后狼狈不堪地爬起来。前仆后继，古拉耶夫刚跌出去的瞬间，索伊费尔就已经冲了上去，肩膀狠撞谢尔盖。然而撞了个空，这股巨大的力量让他自己直摔出去。

接下来的情形让王鹏翔大开眼界，两个绝顶高手围绕着谢尔盖，施展出平生绝学，但却像小脑失调，丧失了平衡能力，不停地站起来，扑上去，再摔倒。几次以后，他们知道讨不到好，互相使了个眼色，消失在路边小巷里。

　　阿婕丽娜曾经为父亲的形象设想过很多个版本：身穿迷彩服，手持武器，一个俄罗斯版本的兰博；或者身穿粗布衣服，留着长胡子，在某处修道院里默祷；或者衣衫褴褛，在丛林间与猛兽周旋。

哪个猜测都不符合事实，一个普通至极的俄罗斯中年男子站在他们面前，他穿着只值几千卢布的衣服，保暖而廉价。胡子刮得干干净净，头发梳得很整齐，一些稀疏的白发显示了他的年纪。作为旁观者，王鹏翔一眼就看出他和阿婕丽娜之间有太多相似之处。

是的，这就是她父亲。而且，他对女儿的出现根本不意外，他应该认识现在的阿婕丽娜！王鹏翔回忆起达丽娅私下说过的话，阿婕丽娜思父心切，总幻想着父亲在自己身边出现过。不，这不是幻想，谢尔盖肯定无数次找机会接近过自己的女儿，现在看到她，表情才会那么淡定自若。

阿婕丽娜扑到父亲怀里，痛哭起来。谢尔盖一边抚摸着女儿的头，一边向王鹏翔示意。王鹏翔顺着他的手势看过去，发现路边停着一辆旧的日古力小汽车。谢尔盖扶着女儿走向那辆车，王鹏翔也跟了过来。打开车门后，谢尔盖坐在司机座位上，让女儿坐在身边，王鹏翔坐在后面。

车子发动了,阿婕丽娜问个不停。"您这些年在哪里?您现在生活得怎么样?有没有再结婚?那个'白狐'训练究竟是怎么回事?是不是有很多危险人物在追杀您?"

谢尔盖一句话不说,王鹏翔逐渐发现了这个怪现象。如果说因为自己是外国人,语言不通,那还可以理解。但他对女儿也是一言不发,只是疼爱地拍拍女儿的脸,或者对女儿连珠炮般的问话报以微笑。甚至,他会拿出一块巧克力放到女儿手里,仿佛她才到牙牙学语的年纪。

这个中年男人从上到下透着的亲切感,让阿婕丽娜一下子拥有了女儿对父亲的感觉。但是,车开出几公里后,阿婕丽娜也终于意识到有问题。见面半晌,父亲没说一句话。他们之所以认定他就是谢尔盖,还要凭神秘杀手脱口而出的一句话。

"爸爸,您怎么了?您生过病?嗓子哑了?您说不出话来?"

谢尔盖做出一个抱歉的表情,即使不同国籍,王鹏翔也马上读懂了这个表情。阿婕丽娜抓住父亲的胳膊:"天啊,您出了什么问题?您的身体还好吧?您离开我母亲的时候,还是能说话的吧?"

答案明摆着,几招之内赶走两大神秘杀手,谢尔盖的身体状况何止是很好,简直算超常。出道以来,这是王鹏翔见识过的最强大的格斗专家。如果他和自己送进监狱的那群黑帮人员打遭遇战,会像秋风扫落叶一般收拾了他们。什么世界拳王、柔道冠军,甚至风传最狠毒的"笼斗"比赛之王,世上没有任何人

是他的对手。

然而，这么强大的人却是个哑巴！

阿婕丽娜趴在父亲肩膀上哭了起来。谢尔盖不时地拍拍她，安慰着女儿。

车子开到郊外森林边缘，停在一片木屋前。俄罗斯远东地区的居民不断迁移到它的欧洲部分，留下了不少旧房子。这片住宅区应该是当年的一个小居民点，还架着电线，但已经无人居住。谢尔盖开到一幢木屋前停下来，招呼两个年轻人下去。

木屋至少有几十年的历史，简朴而结实，烟囱里还冒着烟。阿婕丽娜作好思想准备，可能要见到一位胖胖的后妈，还有几个同父异母的弟妹。结果什么也没有，甚至没有任何一张其他人的照片。

谢尔盖独居在这里！

西伯利亚修道院！王鹏翔又想到了这个称号。这间屋子也符合修道院的标准。没有电脑、电视，不，他简直找不到一样电器，甚至，这里没有电灯！但屋子烧得很暖和，弥漫着一种说不出来的香味，类似于松香，又不完全像。这个味道让他的心情放松了许多。

寻来找去，屋子里好像并没有什么惊天秘密。谢尔盖只不过厌倦人世，在此过隐居生活。王鹏翔的心也放松下来。

不！转瞬间他又清醒过来，几招赶跑两大杀手，那可不单单是隐居就能办到的。谢尔盖身上肯定有许多神奇的东西。

谢尔盖仍然不说话,用手势和表情与他们交流着。王鹏翔感觉自己在看一部默片电影,或者哑剧,虽然听不到一句台词,但他仍然能够看懂谢尔盖的意思。现在,这位父亲让他去安慰阿婕丽娜,而他要去做饭。

女孩子失神地坐在木桌旁,望着进进出出的父亲。谢尔盖在给他们弄吃的,他在关心自己的女儿,但是,他为什么说不出话来?

王鹏翔坐到阿婕丽娜身边,默默地拉着她的一只手,传递着自己的关切。同时,他也好奇地望着屋子里的陈设:桌椅板凳都用实木打造,都很厚实,好像也都是手工制作的。除了窗外那辆汽车,这里找不到几样现代化的东西。

谢尔盖把食物端了上来,只有一锅炖煮好的羊肉,里面混着土豆、洋葱、胡萝卜。除了盐,再没有任何调味品,也不讲究做法,口味完全比不上他们这些天吃的俄罗斯当地菜肴。不过两个人的肚子早就饿了,还是狼吞虎咽地把它吃光了。

在他们吃饭的时候,谢尔盖又走进里屋收拾着什么。等他们吃完,天色也已经入夜,看样子这里不会有电灯。谢尔盖把女儿拉过去,指着里屋,那里只有一张硬床,谢尔盖已经在上面铺好军毯和军被,他向女儿指指床,又转过身面对王鹏翔,指指外屋一张长条椅,做了个抱歉的姿势。

"哦,好好。OK,我就睡这里。"王鹏翔明白他的意思。只睡长椅或者硬板床,是这群"白狐"们奇怪的训练方式。

"不,爸爸!我不想休息。好不容易才找到您,我想知道这些年在您身上发生了什么。"阿婕丽娜坚决地站在父亲面前。

谢尔盖抚摸着女儿的头，仿佛终于决定了什么，他点亮一支蜡烛放到桌上，然后走进另一间屋子。没多久，谢尔盖拿出几个笔记本，放到桌子上。它们的装饰很老旧，封面上印着"莫斯科大学"的字样。阿婕丽娜翻开其中一本，果然，在扉页上看到了亚历山大·斯皮尔金的签名。

"我爷爷的实验笔记？"

谢尔盖向女儿做了个请的手势，然后就跑到客厅一边，将几把椅子拼成两张床。"日出而作，日落而息"，看着他的动作，王鹏翔脑子里忽然闪出了这句话。现在只是当地时间六点钟，谢尔盖就要睡觉了？是啊，这里没有网络，没有电视，没有电灯。他不睡觉又做什么呢？

问题在于，谢尔盖本可以不过这样的生活，这是他的选择！

阿婕丽娜抱着笔记本，拿着蜡烛走进里屋，片刻后她又走出来，示意王鹏翔跟她进去。看看阴影里躺着的谢尔盖，王鹏翔有点不好意思。阿婕丽娜拉住他的衣襟："你过来，和我一起研究这些资料！"

那边，谢尔盖什么表示都没有，甚至不看他们一眼。王鹏翔挠挠头皮，跟随阿婕丽娜走进里屋。蜡烛已经摆在床头柜上。阿婕丽娜指指床，示意王鹏翔过来。里屋很小，除了这张床，就只能坐在地上。看到王鹏翔还在犹豫，阿婕丽娜干脆拍拍军毯："到这里来，我翻译给你听！"

烛光昏暗，掩饰掉王鹏翔脸上的羞涩。他凑到烛光下，阿婕丽娜翻译着笔记本上的内容。偶尔会停下来，请教他里面一些术语的意思。当她开口的时候，气息会呼到王鹏翔脸上。屋子里很暖和，他能感觉到姑娘身上冒出的热气。很温馨、很踏实的感觉油然而生。

不，这不行！我是来寻找答案的。

王鹏翔在心里骂了自己一句，把注意力集中到笔记本的内容上去。

那不是正式的科研报告，只是亚历山大记录的自己的想法，所以文字并不符合学术规范，但内容则要大胆许多。笔记本记录了亚历山大的整个研究思路。

当年那个被冠以"生物信息实验"这么个中性名称的秘密计划，最早萌芽于20世纪50年代初的朝鲜战争。当时，美国空军对中国人民志愿军后勤补给线实施"绞杀战"，轮番轰炸。志愿军在拿不到制空权的情况下，只能在地面派监视哨，发现敌机后远远地鸣枪预警。

当时，作为盟友，苏联红军派出情报人员，随志愿军到前线收集美军动态。一个名叫马卡列维夫的年轻军官参加了情报小组。他发现在志愿军监视哨里面，有个别的人能够在美军飞机现身地平线之前，就察觉到它们在逼近，并进行示警。这意味着他根本没看到敌机便知道它们的位置，这已经超出了人类心理机能的极限。

马卡列维夫一共发现了五名这样的监视哨，并提请苏联军方研究他们的

古怪能力。无奈这些人都是文盲或者半文盲,不仅不会俄文,中文都写不清楚。他们无法表述自己是怎样发现敌机的。

拿着这些无法解释然而又确定无疑的资料,马卡列维夫对人体超常的感知能力产生了浓厚兴趣。他从战场报告中收集了大量资料,比如有的士兵可以"直觉"到山上埋伏着敌人,而并没有真正看到他们。有的士兵可以从对方炮击中"感觉"到某种规律,每次都能从排炮轰击中逃生,但他却没法把这些"感觉"讲给战友。

这项研究得不到上司的支持,被冠以"伪科学"之名。只有个别上司相信他收集的这些资料准确无误,但怀疑它们的实用性。如今武器越来越先进,威力越来越大,人在战争中的作用则越来越小。

20 世纪 70 年代,马卡列维夫来到安哥拉,充当"人民解放运动"的军事顾问,与美国人支持的"安盟"作战。这场号称"小型世界大战"的非洲内战并没有多少科技含量,到处都是林战和巷战,或者暗杀对方指挥官的奇袭行为。马卡列维夫深深感到,世界大国之间可能永远不会爆发战争,与其保持导弹、核弹、战略轰炸机与航母这些大杀器,不如训练一批精英战士,打仗时混入敌巢,于万军中取上将首级,这才是更有意义的战斗。

回国以后,马卡列维夫进入克格勃高层,拥有更多资源。他开始寻找支持自己想法的专家,与当时莫斯科大学心理学教授亚历山大·斯皮尔金一拍即合,后者常年研究极端环境对人类心理活动能力的影响。苏联的专家和军人曾经上天入地,太空、极地、深海无处不去,更不用说各种战场环境。这给心理学家提供了广阔的舞台,去研究极端环境下人类的表现。

斯皮尔金从事这个项目研究之际,心理学界正把极端环境看成一种"坏因素",认为它们会导致人体各种机能下降。这样一来,遭遇到极端环境就是一种"坏事",心理学家的任务,则是帮助人的身心机能恢复到正常。然而大量事实表明,尽管极端环境一时半会儿可以降低人的身体机能,但长远来看,会让人的这些机能变得更强大。

斯皮尔金收集了大量堪称残酷的极端案例。一名飞行员从五千米高空跳出着火的飞机,降落伞没有打开,他却坠到白雪覆盖的松林中生还。一名布列斯特要塞的军官,被德军围困后单人坚持战斗长达一个月。一个伐木工人在密林中被倒下的树木压住左臂,无法叫人援救,他锯下这只胳膊,逃出生天。这些都只是创伤体验吗?不,这些人活下来以后,精神并没有崩溃,他们更勇敢,更坚定,甚至对人生的态度都更成熟。

斯皮尔金还去拜访了几位从大清洗中活下来的心理学界同行,记录他们在集中营的经历,想知道这些残酷体验是让他们更坚强,还是更脆弱。种种迹象表明,过去的心理学理论错了,生活常识对了,磨难才能训练人。

斯皮尔金站在西伯利亚劳改营的废墟上,环顾周围苍茫大地,头脑顿时开悟。是啊,原始人的生存环境如果拿到今天来比较,无论从哪方面讲都算是极端环境。他们缺衣少食,没医没药,还要经常去猎人头,或者被其他部落的人追

杀,每三个婴儿中会死掉一个。如今人类所遗传的心理素质,正是在这些残酷环境里造就的,它们仅仅是不堪回首的过去吗?

作为苏美关系缓和的一部分,苏联学者大量参加国际学术会议。斯皮尔金在一次会议上遇到了美国心理学家马斯洛。后者作了主题发言,名叫"人性能达到的境界"。马斯洛通过对古往今来各个领域里翘楚的研究,想找到人能达到什么境界,而不是像其他同行那样,去统计无数普通人的平均值。

对,这才是正确的方向!斯皮尔金暗暗庆幸自己找到了目标。不过,这个美国人仅仅去研究了名人传记,他没有资源去研究真正处于极端环境下的行业精英,而自己在苏联有这个条件!心理学的核心课题应该是提高人类的潜能,从中训练出一批精英。

就这样,一个高级军官,一个心理学大师,马卡列维夫与斯皮尔金一拍即合。他利用手里的资源,给斯皮尔金成立了专门的实验室,对外号称"生物信息实验室"。

斯皮尔金通过大量测试,挑选了十几名心理素质超强的人,组成一支实验团队。马卡列维夫给它起名叫"白狐"。这些人要接受斯皮尔金制定的特殊训练课程,同时也要执行作战任务,而这个训练计划本身也叫作"白狐"计划。它分为几个级别,大部分队员只通过了第二级,仅有五名队员达到了第三级,分别是谢尔盖、佩舍夫、科查夫、索伊费尔和古拉耶夫。

最后那一级训练不仅异常严酷,而且内容怪异,直到项目被中止,都没有任何一个人开始这一级别的训练。

"白狐"计划开始后不久，美国情报人员侦知这个实验室的存在。因为它直接向时任克格勃主席的安德罗波夫汇报，层级很高，美国人对它产生了浓厚兴趣。马卡列维夫和斯皮尔金知道风声走漏，顺坡下驴，有意无意地散布谣言，声称该实验室在研究"人类特异功能"。他们拥有一批有特异功能的战士，可以遥感美国核潜艇的位置，从照片上看出美国高官的病情，还能够用意念让人停止心跳。

为了把谣言造得逼真，马卡列维夫还授意苏联媒体包装一些特异功能人士，满世界招摇过市。当年，苏联大街小巷都能看到麦辛戈、斯维金娜这些"大师"的宣传画。据说他们可以用耳朵听字，遥感人的思维，或者用意念折断铁棍。借此让西方认为苏联高层已经走火入魔，为取胜不惜求助于歪门邪道。

果然，美国人得到这些消息后，认定"生物信息实验室"的研究纯属笑话，遂不加重视，后来这些小道消息成为媒体热捧的对象。而斯皮尔金则在掩护下，继续推进他的研究。

然而，苏联解体中断了这一切。克格勃被肢解的过程中，同事间互相倾轧，马卡列维夫被逼退役，无法保护他的项目。还没等苏联国旗降下，"生物信息实验室"已经解散，斯皮尔金提前退休，惨淡度日，郁郁而终。

搞清了"白狐"计划的来历，两个年轻人又向后翻阅，很快找到了造成谢尔盖目前状况的原因。

寒冷的西伯利亚保存了很多古生物遗体，当然也会有古人类。20世纪60年代，苏联科考队在那里挖到一具七千年前的古尸，如获至宝。十几门学科的顶尖人物都围绕着这具尸体，来寻找自己那个领域科学疑问的答案。有关中枢神经解剖方面的课题，就交给斯皮尔金牵头。

能研究古人大脑，这种机会全世界也没几个心理学家能得到。斯皮尔金投入了足足半年的精力，结果发现，这个古人的左脑明显小于现代人。这理所应当，左脑主管语言和逻辑思维，而这个西伯利亚原始人的词汇量未必能超过两百。

但是，此人大脑其他部位却发达得多，右脑、额叶、间脑、中脑，甚至原始的嗅脑，都比现代人发达。加在一起，这个古人总体脑容量超过现代人15%左右！

除了更加能说会道，我们样样都比古人差？这个隐含的结论让斯皮尔金大为不安。他没有把它写入科研报告，这只是他个人的猜测。要证明它，斯皮尔金必须走很长的路。在那个年代，心理学家对于脑的功能定位还远不如今天这样精确，这个古脑上更为发达的那些部位都在执行什么功能，斯皮尔金也只能做个大体推测。它们可能主导情绪，主导自我控制，主导上下肢运动能力，可能……可能……可能……

总之，这样一个强大的古脑，属于一个活动能力远胜今人的古人，而他一天下来也说不了几句话。

在"白狐"部队成立后，斯皮尔金致力于挖掘成员的心理感知潜力。他做了大量实验，可队员们提升到一定程度，就止步不前。也许这就是人的心理极限了？斯皮尔金不这么认为。他看到过一幅讽刺漫画：一只大猩猩在嘲笑几个地震专家：为什么我能预测地震，专家们却不能？

是的，许多生物都有预知地震的本能，然而，人类真的没有这种能力吗？或许在地震发生前，我们普遍会感觉轻微的头痛、烦躁、心慌意乱，我们的心律会紊乱，我们的血压会上升。但我们会对此给出"理性"的解释——这是因为没休息好，因为工作最近不顺利，因为家庭生活出了矛盾，因为身体出了毛病。我们的头脑用理性和逻辑，掩盖了身体的真知灼见。

几千年的文明史，让人类的左脑无比发达，远超古人。结果，脑子的其他功能弱化了，被压抑了，甚至部分丧失。我们不再能听懂大自然的声音，不再能直觉到身边的危险。

在另一页日记里，斯皮尔金记录到实验室养的几头实验用犬的表现。巴甫洛夫的条件反射实验堪称经典，然而那只是记录了绑在实验台上的狗，真实生活中的狗远比实验报告里描述的更聪明。亚历山大注意到，当实验助手打开狗粮袋时，狗狗们就会跑过来等着。如果他只是打开药剂袋，狗狗们就会待在原处。

当实验室助手走到门口换鞋时，狗狗能知道这次是要带它们到院子里放风，还是根本不准备带它们出去。如果是前者，它们就迅速地围上来。如果是后者,它们就会远远地坐成一圈。

这类现象斯皮尔金记录到几十次,狗狗们从未判断错误。那么,狗狗已经认出什么是狗粮袋吗?或者,它们已经记住了实验助手的某个动作、某个表情,能判断出他心里想什么?

是的,斯皮尔金思考着。如果我是一只狗,我该怎么办呢?我不懂人类的语言,只能观察人类的动作和表情,记下哪些对我有利,哪些对我不利。一只狗或许能判断人类许多细微的表情:眼部肌肉放松和收缩,腮部颤抖,嘴角上翘,手指向内还是向外,身体朝左还是朝右……没有任何语言帮助狗把这些信息加工成理论,再告诉其他狗。狗类不用这么做,凭借直觉,它们直接读懂这些细节的含义。

而人类却不能!

或者说,人类曾经能够这样做,但这种能力被语言、符号、逻辑思维压抑了。

答案呼之欲出,如果要全面恢复先人的心理能力,必须放弃另外一些东西!在斯皮尔金看来,薰衣草的芳香、伏特加的浓烈、北风的凛冽、白狐皮的柔软,这些感受就是普希金转世、叶赛宁重生,穷尽他们的生花妙笔,也不能形容真实于万一。

不,不是万分之一,语言和真实感受根本就是两回事。文字最多只是那些感受的指引。让一名军人坐在屋子里,把特种部队训练教程从头背到尾,他仍然什么都不会。而一个老兵对武器的感觉，对战场情况的感觉，文字完全不能表达。

斯皮尔金就沿着这个方向，最终完成了他的"白狐"训练计划。然而这也是令他悲哀的地方。看到那些生龙活虎的小伙子，斯皮尔金知道，自己永远不能再像他们那样奔跑跳跃，潜踪隐迹，无法体验他们训练时的感受。而这些士兵则不会像他那样精通心理学，总结出自己的感受。

于是，当儿子谢尔盖高中毕业后，斯皮尔金毅然决定送孩子入伍，就在自己帐下接受训练，同时还教给孩子心理学。这样，他会培养出一个既知其然，又知其所以然的大师来。因为担心这样会毁掉孩子的前程，谢尔盖的母亲曾和他大吵大闹，两人最终不相往来。

两个人继续往下读。斯皮尔金又写道：几千年前的古人，他们没有制定时、分、秒，他们用身体动作的频率感知时间。他们没有制定重量单位，只能用触觉感知重量。他们没有温度计，只能用皮肤感知温度。概念、语言、单位、思维，这些人为的东西切割掉真实的感知，扭曲了真实的世界。这个东西重两百克，那个东西长一米三，我们生活在一个被各种语言符号标定的世界上，这样的世界并不真实！

但是，斯皮尔金已经回不去了。从小就在读书思考中成长，他的脑子灌满了后天的概念，无法回到一万年前古人的精神世界中去。那时候他们一天说不上几句话，一句话里也没有几个字。表情、动作、身体姿势，他们能读懂这些信

息,他们靠这些互相交流。

我不能再回去,谢尔盖呢?他还年轻,也许他可以办到?

"你爸爸他居然,居然……"看到这里,王鹏翔被自己的推论震惊了。

"是的,他自己选择不说话!"阿婕丽娜显然也读懂了这些推论。

苏联解体时,谢尔盖年近三十,成为"白狐"突击队里的第一高手,理论上更达到了父亲的水平。从来没有心理学家想做这件事,在这个领域里,他们已经领先于全世界!

王鹏翔坐起来,靠在墙上,长出了一口气。他这才意识到,这幢房子的特殊之处,还不在于没有现代化的电器设备。这里没有钟表,没有日历,里里外外没有任何文字!

不光此处是这样,在那个被放弃的军事基地里,那疑似谢尔盖住过的"飞机船"里,他们也找不到一片纸。

除了这个珍藏的笔记本,谢尔盖生活在一个没有文字的世界里。

这就是"白狐"训练的最终阶段?放弃语言,让被语言功能压抑的其他功能充分恢复。所以,谢尔盖和佩舍夫才到那么个与世隔绝之处训练自己。佩舍夫割舍不下前半生的习惯,最终离开。谢尔盖则进入天人合一、物我两忘的境界。他不再说话,不再阅读文字,完全沉浸在一个感知组成的世界里。

最终,他获得了无上的感知能力。

或者说,他回到了还没有发明语言时的先人的境界。

阿婕丽娜捂着脸，王鹏翔听到了轻声的抽泣。这是个悲剧，但他不知道怎么安慰这个俄罗斯姐姐。谢尔盖比父亲走得更远，他抛家弃女，潜入西伯利亚，游逛在荒野间，与白狐、野兔和熊为伍，他用这种方式训练脑子里沉睡的机能。

"你觉得，他还能再说话吗？"阿婕丽娜问道。

"我想能吧，他仍然在城市里生活，还能开车。他肯定能认得指示牌，认识钞票，认得使用说明……"忽然，王鹏翔想到了什么，"其实我觉得，我觉得……他说不说话，都不重要。他很心疼你，你也能感觉到他的关心，这不就很好吗？好多人天天在一起，互相说个不停，其实都是自说自话，谁也没读懂对方。"

"你好像很羡慕他这样？"阿婕丽娜抬起头看着王鹏翔，"你一直在追求至高无上的武功。有朝一日，你会不会也学他当哑巴？"

王鹏翔无言以对。

第八章

终极格斗

放弃语言，恢复直觉，如果真到了这种境界，人的精神世界会变成什么样？王鹏翔既好奇又备受诱惑。谢尔盖完全不说话，无法探听他的内心世界。或许只有自己去体验，才能获得那种感觉？

不，他不敢，或者说不愿意。他还有很多亲人，那样做等于自绝于人类的圈子。科查夫、古拉耶夫这些人都知道"白狐"训练的最后阶段是什么，但他们谁也不敢尝试。如果不能用来赢得权力和地位，要这种超级功能有什么用？

王鹏翔不知道自己什么时候睡着了，直到被谢尔盖轻轻地推醒，他才发现自己躺在里屋床上，阿婕丽娜的头枕着他的胳膊，两人都是倦极而眠。当着女孩的生父，王鹏翔很是尴尬。不过谢尔盖转身离开了房间。

王鹏翔的脑子有点蒙，现在这个姿势可是相当窘迫。发现女儿和一个男孩睡在一张床上，普通的父亲会怎么想？会做什么？以王鹏翔的年纪，他还找不到答案，心里直打鼓。好在谢尔盖看起来毫无敌意。是的，他不是普通的父亲，王鹏翔猜不透他现在想什么。

这里没有自来水，谢尔盖已经烧好热水放到门口。王鹏翔拿到屋里，舀出一盆，洗好脸，穿戴整齐走出小屋。清晨没有寒风，只要穿戴严实一些，这里的温度还能适应。只见谢尔盖站在一个高坡上，双腿分开，面向太阳升起的地方，弓着背，双手向两边张开，虚虚环抱，缓慢开合，仿佛在抚摸着空气。

王鹏翔很想去问候，去搭话，最后还是克制住了。背后传来轻轻的脚步声，一只柔软的手放到他的肩膀上。看来，阿婕丽娜丝毫不在意当着父亲的面和王鹏翔亲近。"你觉得他在练什么？"阿婕丽娜问道，"你们中国武术里有类似的东西吗？"

"看这个动作，很像中国的站桩功，但姿势还是……有不少差距。这看起来更像是某种动物。"

是的，此时的谢尔盖很像一只站起来的白狐，与中国站桩功比起来毫无美感，但姿势里透着一种狠劲，仿佛随时会扑出去。

以谢尔盖敏锐的感觉，当然能听到他们的说话声。谢尔盖慢慢收起姿势，站直身体，微笑着向他们走来。虽然没说话，但这微笑却有透人心肺的力量，让两个孩子顿时放松下来，也让王鹏翔的胆子壮了起来。"白狐"们不都是怪物。

"阿婕丽娜,我想向你父亲请教几招,你问他答应不?"

以王鹏翔长期观察人类动作养成的能力,他仍然看不清昨天谢尔盖用什么招式赶走两大高手,所以要亲自尝试一下。听过女儿的翻译,谢尔盖点点头,这让王鹏翔喜出望外,他以为这样的世外高人,轻易不肯显示自己的手段。

看到谢尔盖向自己招手,王鹏翔向前冲了半步,忽然他意识到,这等高人都会让对方先出手,借以后发制人。于是他摇摇头,摆好防守姿势:"先生,您先来……"

还没等阿婕丽娜翻译完,王鹏翔眼前人影一晃,耳边听到阿婕丽娜一声尖叫,自己已经飞出去,摔在雪地上。

看来"后发制人"的境界太高,自己还达不到。王鹏翔翻滚起来,右手抓住谢尔盖的手腕,左手拉住他的肩膀,右脚拐到他的双脚后面。还没完成这个动作,就像触电一样,又飞了出去。

这下,似乎已经习惯看到他被打倒,阿婕丽娜不叫一声,捂着嘴吃吃地笑。

连续几次,只要王鹏翔碰到谢尔盖的身体,无论是用手、脚还是肩膀,无论碰到谢尔盖的哪个部位,他都会摔出去。或向前,或后倒,或者原地坐一个屁股墩。从头到尾,他都没看清谢尔盖使用的任何一招。

"阿婕丽娜,你问问你父亲,再打的时候可不可以录像?"

阿婕丽娜翻译给父亲听,谢尔盖犹豫了一下,走进屋去。等他再走出来的时候,头上戴着一个面罩,只露双眼。看来,他不怕别人拍去自己的绝招,只怕别人拍到自己的脸。

王鹏翔拿出肖亚玲送的便携服务器，这东西果然堪称战地设备，在严寒条件下仍然能工作。他调出录像功能，递给阿婕丽娜。后者刚想拍，谢尔盖又摆摆手，将阿婕丽娜拉到离小木屋十米远的位置上，让她面向小木屋，自己则紧贴小木屋的墙壁站稳，示意王鹏翔走过去和他交手。

知道谢尔盖不会伤到自己，王鹏翔使出浑身解数，拳打、脚踢、膝顶、肩撞、肘击……他打起来毫无顾虑，结果却是他一次次摔倒在地，再一次次爬起来。不知过了多久，王鹏翔终于累得爬不起来。

看得出，谢尔盖意犹未尽，还在等他爬起来，神情举止很像找到新玩具的小孩子。阿婕丽娜看着看着，鼻子忽然一酸。她觉得父亲实在是太寂寞了，需要有人陪着他玩。"爸爸，您方便回城里住吗？看得出，您也经常进城的。我想经常看到您。"

谢尔盖僵在那里，思考着什么。

看到父女之间要交流感情，王鹏翔觉得不应该打扰他们，于是从阿婕丽娜手里拿过服务器走进屋子。他趴在床上，看着刚才的录像。格斗过程总共十二分钟，他被打倒三十五次。谢尔盖用了什么招式？什么都没用！每当王鹏翔与他的身体接触，谢尔盖或者抖手，或者松肩，或者转身，或者撤步，仿佛随意而为，但每个动作都恰恰让王鹏翔失去重心。

至于招式？真的没有，谢尔盖完全凭借感觉在格斗。

沾衣十八跌?无招胜有招?这些都是武侠小说中的虚构,何况这是个老外。可怎么解释他的格斗动作呢?真的没有招式?王鹏翔先后和两个神秘的俄罗斯人打过架,他们虽然十分厉害,但仍旧使用着特种兵的攻防技术。可在这段录像里,王鹏翔实在看不出谢尔盖用了什么招式。

是的,或许真没有招式?为什么谢尔盖不怕录像?因为从动作上看不到任何秘密,他能克敌制胜,一定是凭借动作之外的什么东西。

可那是什么?隐约有一个答案在王鹏翔的脑子里盘绕,但在这幢西伯利亚的小木屋里,他的思路受到了干扰。

看着看着,王鹏翔又发现了一件事。刚才两人打得昏天黑地,但整个格斗空间的直径不超过两米!谢尔盖几乎站在原地没动,他是格斗空间的圆心,自己不停地绕着他冲来撞去。镜头里只有小木屋的墙壁,以及他们两个人,一点大背景都没透出来。

看来,谢尔盖不愿意别人知道他现在的位置,所以才安排女儿从那样一个角度来拍摄。对于身怀重大秘密的人来说,这算是格外照顾自己的好奇心了。

阿婕丽娜打开门,神情黯然地招呼他吃饭。餐桌上还是与昨天类似的饮食,只是这次换了王鹏翔说不出名的肉。"这是什么?"王鹏翔慢慢地咀嚼着,品味着。

"驯鹿,西伯利亚特产。"阿婕丽娜回答说。

谢尔盖仍然没和他们一起吃饭。孤独了许多年,他已经不习惯和别人共用一张餐桌，不知躲到外面什么地方去了。

"你们谈得……怎么样？"话一出口，王鹏翔才觉得不妥，应该问谢尔盖有没有说话才对。

果然，阿婕丽娜摇了摇头。

"不……我想你爸爸能说话。他的衣服、车子，都是这几年买的。他既然还要在城里买东西，没有钱就不行。他也必须和别人打交道。"话虽这样说，王鹏翔心里也没有底。人们在商店购物，比画几下就足够表达意思。再说，谢尔盖真需要买东西？他难道不会偷东西？

"王鹏翔，你要离开吗？"

"恐怕是的，我要走了。"王鹏翔的思路回到了现实中。连日奇遇，让他忘记了日子，自己应该回香港了。

"谢谢你这么远陪我冒险。我要待在这里陪着他，让他慢慢恢复语言能力。我相信我能办到。毕竟，我是他的女儿。"

"这个……"王鹏翔不忍打碎姑娘的梦想。断送掉语言功能，无论这是一种能力，还是一种心理疾病，都是谢尔盖花费巨大精力追求的，他会因为女儿在这里而放弃吗？谢尔盖那些昔日战友，他们全知道这种灭绝人性的训练方式，都不敢尝试。他们怕失去在人类社会中的一切。谢尔盖办到了。是什么力量在支撑着他？那点父女感情，能够与这种力量对抗吗？

王鹏翔又想到了自己的父亲，王轩执着三十年，放弃了太多的个人生活，

才勉强达到他的目标。谢尔盖就是另一个版本的王轩。可惜,这两大高人活着的时候不能相识。

沉默中,王鹏翔思考了好多东西。最后,他决定和父女俩告别。阿婕丽娜陪着他,来到谢尔盖身边充当翻译。

"不要……透露我的……位置!"

谢尔盖终于开口了,说话的时候脸涨得通红,嘴里像是含着什么东西。许多年没有使用自己的嗓子,他讲得很艰难。

"爸爸,您开口了!"阿婕丽娜扑到父亲怀里。虽然这第一句话和自己无关,但她还是为父亲的变化而高兴。她不要一只超级"白狐",只要一个平凡的父亲。

告别父女俩,王鹏翔踏上返回香港的路。路上,他不时拿出那段录像,边看边思考。谢尔盖是他遇到的格斗能力最强的人,没有之一。如果这就是"白狐"训练的最终成果,那的确非常骇人。这意味着如果不使用火器,或者虽然对方有火器,但处在一个狭窄如厅堂的空间里,谢尔盖将如入无人之境,任何人一旦与他有身体接触就会落败。

但他到底使用了什么招式?

从录像上看不出名堂,王鹏翔又回忆与谢尔盖交手时自己的体验。

触电一样的感觉……

总是站立不稳……

有力无处使……

自己发出的力量越大，摔得越重……

这些感觉好熟悉，不是曾经体验过，而是读到过类似的记载。是的，答案就在脑子里，就在嘴边，可就是一时想不起来。

一路走，一路回忆，当王鹏翔排队登机的时候，突然轻轻地喊了一声，还做了个握拳的姿势，把服务员和周围几个旅客吓了一跳。答案出来了！王鹏翔压抑着自己的兴奋，向大家做了个抱歉的姿势，然后交验了机票。

机场很简陋，没有通勤车，乘客们要走向自己的班机。王鹏翔掏出手机，兴奋地拨通肖亚玲的号码。"肖阿姨，是太极推手，那里有重大的秘密。太极推手不是直接用来技击的，是用来训练身体内部感觉的。古代拳师没有现代的概念，把这叫作'听劲''懂劲'。肖阿姨，你把我父亲留下的录像转换成虚拟数字信息，我马上回来，用它来训练身体感觉。"

肖亚玲并不知道王鹏翔在俄国遇到了什么，好半天才听明白他的要求，并嘱咐他一路小心。不过，王鹏翔并没有在香港停留，他要寻找一个证据。

王鹏翔带着那段自己和谢尔盖搏斗的录像，北上大陆去寻找一位吴氏太极拳传人。当他来到拳师家里时，这位年过九旬的老人已经住院，子女们陪护在那里。

王鹏翔只好又祭出父亲的名号。听到"王轩"的名字，老拳师的孙子才同意

把录像带进去,请老人在精神好转的时候看上一看。这位老拳师当年也是王轩的采访对象,后者记录他的动作影像长达二十年,两人交情匪浅。

王鹏翔坐在医院走廊里,忐忑不安。他正在面对一个武术史上的重大发现吗?或者只是自己的胡思乱想?

好一会儿,中年武师才走过来,请他进去,同时面带几分不满:"本来老爷子该好好休息,看到你的录像非要坐起来。你可要少让他激动啊。"

王鹏翔点点头,跟了进去。老拳师正由女儿扶起来,靠在床上。一把长须、一头白发,年过九旬的老人就是活的历史。即便他女儿,年纪也足够当王鹏翔的奶奶。

看得出,强烈的兴奋支撑着老人。他招招手,让王鹏翔来到床边,尽全力张张嘴"这是真的?不是演的?"

"演的?"

"老爷子问你,录像是不是做了假。你们自己编好对练动作,排练好了再录像。"中年拳师解释完,自己就提供了答案,"爷爷,他可是王轩的儿子,应该不会来这套。"

王鹏翔终于明白老人顾虑什么了。最近有所谓的太极传人在旅馆里施展"隔空打人"的绝技,拍下视频在网络上广为流传。因为明显是在表演,结果恶名远扬。

"不是,打的时候,我都不知道他用的什么功夫。后来感觉像是太极拳,所以才请您鉴定鉴定。"

老人激动得伸出手,想比画点什么,又在疲惫中放下了。

"是真的?那就太好了。爱绅老师之后,再没人能使出来……"

"爱绅老师?"王鹏翔没听过这个名字。

"就是吴鉴泉先生,他是满人,本名乌佳哈拉·爱绅。"老人的儿子解释道。

吴鉴泉是吴氏太极拳的创始人。他的父亲是太极大师杨露禅的徒弟,成年以后,吴鉴泉将从父亲那里学来的"小架太极拳"发展成一派,成为吴氏太极拳。

吴鉴泉于1942年去世。那时候中国还没有电视,拍电影纪录片是件奢侈的事。吴鉴泉一生只留下照片,没有留下任何活动的影像资料。见过他在格斗中施展太极功夫的人,现在活着的,就只有床上这位老师傅。

"他是……哪个门派的?"老人指着录像中的谢尔盖问道。

这个问题王鹏翔不好回答,支吾起来。

"爷爷,我看他根本就是个外国人。是吧,小王?"中年武师问道。

录像上谢尔盖蒙着脸,身上的服装也是从中国进口的保暖服,但他的头套边露出几缕金发,提示了自己的种族。

"是的,他根本没练过太极拳。不光太极,中国的什么拳术他都没练过,估计连见都没见过。"王鹏翔回答道。

"那他是……"这下不光老人,他的孙子也产生了浓重的好奇心,这让王鹏

146

翔意识到自己的嘴有点太快。

"他……他是国外一个特种部队的人,不方便暴露身份。"

"不,不对!"从天而降的神奇录像激活了老人的思路,他把孙子拉到身边,"你……大刚,小林,你们和他打打看。"

老人声音小,又有口音,王鹏翔听得不清不楚。中年武师为难地说:"爷爷,这是医院啊。"

"去……找地方打……录下来。"

"好好好,我马上去办。"

把王鹏翔带出病房的时候,中年武师的不满更重了一层:"你让我爷爷休息不好了。唉!他今天要是看不到录像,可能都不睡觉了。"

王鹏翔连连道歉,又问现在去做什么。中年武师自小在爷爷身边长大,能猜出爷爷讲不清楚的想法。"他让我们几个功夫最好的徒弟和你比划比划,录成像给他看。刚才那段录像里,是你和那个外国人打。我们得知道你是什么水平,才能知道他是什么水平!"

是啊,如果一个武师三拳两脚就打翻对手,也许是他水平太高,也许是对手水平太弱。而格斗技术水平这个东西,除了亲身实验外,没有任何方式可以评价。

当下,中年武师找到朋友开设的一家健身房,只让几个同门和王鹏翔进来。关上门,避免外人看到。然后他安排好一片场地,放好软垫,在旁边架起两个数码相机，分别从不同角度对准场地。

"我要怎么打？用太极推手？"王鹏翔为难道。

"那是训练时用的，你想怎么打就怎么打。"中年武师说完，第一个出了场。

王鹏翔摆好姿势，突然跃起，身体与地面平行向对方飞过去，两手如车轮般劈向对方。这是终极武术程序从劈挂拳里选取的招式。王鹏翔来势迅猛，中年武师急退，出手招架。嘭嘭嘭，肩膀和前胸连着挨了几下。

"啊，您有事吗？"王鹏翔没想到这么容易就击中对手，连忙询问。中年武师涨红了脸，摆摆手，让王鹏翔再上。片刻之后，王鹏翔一脚蹬在对方小腹上。

中年武师知道自己守不住，第三回合采取攻势，劈面朝王鹏翔打来，然后就被王鹏翔侧身摔倒在地。

中年武师一言不发，自己退出圈外，招呼另一位三十多岁的武师上来。此时王鹏翔已经有了信心。这些武师并不比当年秦海涛那几个人水平高，而自己的水平却已大涨。

几分钟后，在一对一单挑的情况下，王鹏翔轻松击退了所有对手。他也明白了为什么在比武时要请走这里的人——几大高手都被打倒，这个事情传出去很不好听。

比试完毕。几位拳师脸色阴沉，整理着场地和相机。中年拳师走过来，把大家共同的问题提了出来："你这身本事在哪里学的？"

这该怎么回答？王鹏翔着急来求证谢尔盖的真实水平，没想到自己却成为

对方的问题。没关系,他有一个现成的答案。

"我爸爸教我的!"

大家不再问什么了。他们都知道王轩曾经是全国武术冠军,后来又研究了几十年武术,教出一个很棒的儿子,似乎也很正常。王鹏翔得以蒙混过关。

一群人又回到老人面前,看完王鹏翔的格斗录像,老人又去看王鹏翔与谢尔盖的录像。看完良久,仰面朝天,老泪纵横。

"这样的功夫,我这辈子……只见过两个人……爱绅老师……还有这个外国人!我自己都不行,差得远。"

老拳师这句话出口,最动容的是徒弟们。当着这些弟子承认自己功夫没达到顶尖境界,这需要极大的勇气。是一次完美的格斗表演让他从心里折服。

老拳师的见证鼓舞了王鹏翔。等王鹏翔回到香港后,肖亚玲已经做好了程序。王鹏翔穿上压力传感服,进入虚拟世界。王轩再次出现在一片纯白中。一行字迹浮现在他身边的空间里,这些同样记载在他的笔记本中。

"太极拳拥有一套复杂的概念,很多不能转化成生理学和医学术语。不过没关系,我们可以用动作来演绎这些概念。"

王轩示意儿子过去"搭手",然后开始和他推手。王鹏翔眼睛半睁半闭,仔细体验着胳膊传导过来的力量。当然,此时和他推手的并不是王轩。在生前,王轩并没有练习过太极拳,但是他记录过六大太极拳门派传人的影像资料,程序已经将这些资料转化成标准动作,借王轩的形象与王鹏翔对练。

一次次,一天天,王鹏翔身体里的感受器仿佛打开了闸门。它们生下来就在那里,只是在这样精细的感觉训练中,他才发现它们。是的,这要比谢尔盖艰苦的野外训练快得多。在人类能感觉到的各种劲道中,哪些最复杂?最灵活?当然是另外一个人的动作! 风吹、水流、重物砸在身上,这些力量都是生硬的,缺乏变化。但人对人的动作则不然,千变万化,灵巧异常。

太极推手,原来是世界上最灵巧的动作感觉训练术,而不是什么格斗绝招。

有一次,王鹏翔练习完毕,来到阳台上。风从他周围吹过,王鹏翔闭上眼睛,感受着风的拂动。他能分辨出它的方向和强弱,能分辨出它的瞬间变化。王鹏翔说不出风的级数。不,那不重要,度量单位都是人为的,感觉本身的变化更重要。

王鹏翔又想起谢尔盖迎着朝阳,站在户外练的那些动作。是的,他在感受风的流动! 他用这种方式训练感觉能力。

王鹏翔看看身边阳台上的遮阳伞,突发奇想。如果拉着伞面,根据对气流的感觉调整方向,他可以从这里跳出去,平安降到大街上。是的,他能够。

王鹏翔闭上眼睛,运用起念动训练技术,在脑子里一遍遍设想着御伞降落的过程。想着想着,王鹏翔热血沸腾,跃跃欲试。他能办到,动作再复杂,他也能

办到。

王鹏翔最终没有跳。这里是香港市区，搞这么件事，警察肯定会蜂拥而来。

同时，王鹏翔还解开了一个次要的谜。他在网络上认识几个军迷朋友，于是便把自己拍摄的那只钢铁怪兽的照片给他们看。其中有个人把它认了出来，而且大喜过望。"这是'里海怪兽'啊！你从哪里拍的？"

对方告诉他，这架怪东西叫作地效飞行器。早期飞行家们发现，气流流过机翼后会向后下方流动。于是，当飞机贴近地面或水面飞行时，后者就会产生一股反作用力，像软垫般托着飞机飞行。当飞机在距离水面等于或小于 1/2 翼展的高度上飞行时，这种"地面效应"最强烈。

于是技术专家就设想，可以借此制造一种结合船舶与飞机优势的新东西，它只是贴着水面飞行，其载重量接近于大型船舶，速度又接近于飞机。这便是"地效飞行器"的构想。苏联对此最为认真，他们在里海附近的秘密研究所里制造出样机，在里海上反复实验。西方卫星拍摄到它的画面后，便起了个绰号叫"里海怪兽"。据推算，一架里海怪兽的载重量高达一千吨，可以把一个重装甲连队在几小时内送到几百公里之外的战场。

网友给王鹏翔解释完它的来历，又催问他拍摄的地点。王鹏翔推说是一个俄罗斯网友传过来的照片，对方不便告诉他具体地点。

关上电脑，王鹏翔回忆着那残破的机身，上面还有斑斑划痕，很难想象它曾经是这个领域的技术先锋。

马来西亚云顶娱乐城。

蓝天白云,空气清新,游客纷至沓来。巨大的娱乐城里餐饮、商场、游戏厅,一应俱全。当然,此处最吸引人的还是它最为核心的区域——赌场。

在云顶附近不足两百米远,一墙之隔的一幢建筑里,则是东南亚地区最大的地下拳坛。这里同样吸纳大量赌金。最近,这个地下拳坛引进了美式笼斗比赛,选手们被关到铁笼子里,打到皮开肉绽为止。

在这里打拳的人才有真功夫,他们要是和一个世界拳王在街头单挑,胜出率非常高,但他们挣的钱却要少得多。即使如此不公平,还是有不少年轻人愿意冒着伤残的风险在这里赌自己的命运。所以,几乎每天都会有附近国家和地区的人来试运气。

这天,一个大陆口音的华人青年来到"希拉俱乐部"训练场,请求参加他们的代表队,从事笼斗比赛。按照规定,这种比赛不接受单人报名,每个参赛人必须属于某家有资格的格斗俱乐部。将来万一出事,好有人承担责任。

单薄的春装尽显这个年轻人还没发育全的身材,门卫不用上报给老板就能处理这样的问题:一推了之。经常有不知天高地厚的年轻人,听到周围谁通过笼斗比赛发了财,就跑来冒险。如果打死了倒好,问题是笼斗比赛许多年都没死一个人,反而致残无数,将来少不了漫长的法律诉讼。

门卫用力一推……然后自己就摔了出去，跌倒在院子里。第二个门卫身材更壮，横身迎上，同样被自己的力气扔到了院子里。

这阵骚动引起俱乐部教练的关注，连忙走过来问是怎么回事。年轻人表示自己只是想出出风头。于是，教练唤过两名高徒，一一和他较量。结果这两个人都是站起来又摔倒，扑上去又趴下。

这名教练出身地下拳坛，见识过无数绝技，但仍然看不出来人用了什么招式。他又去问门卫和徒弟，有的回答说，碰到此人身上就像过了电；有的回答说，这个人的衣服很滑，根本抓不住。教练员狐疑地走上去，检查来人身上的衣服，里面没有任何机关。

"你真的要打笼斗？那我们就签合同。第一场1∶9分成。俱乐部拿九成，你拿一成。从这场开始，你每赢一场，分成比例增加一成。如果输一场，分成比例就要倒退一成。如果连赢九场，那恭喜你，钱都拿走，把荣誉留给我们就行。"

没有人连赢过九场，这里的最高连胜纪录只有七场。如果他们能拥有一名连赢七场的选手，那已经是俱乐部的巨大无形资产了。

小伙子二话没说，点头同意。接下来，俱乐部要求他如实地报出姓名、国籍和来历。地下拳坛虽然血腥，但不允许有罪案在身的人混进来，避免吸引警方注意。小伙子犹豫再三，得到俱乐部不会透露身份的保证后，才说出自己的情况。

　　这个自称王鹏翔的十九岁年轻人，报出的履历让俱乐部的人怀疑了半天——大陆某省高考理科状元，香港中文大学高才生。这样的履历没必要到保护措施最少的地下拳坛来冒险。"这是我的研究课题。"王鹏翔讲的理由越真实，听起来越荒诞，"我自己研究出一种无敌搏击术，相对于奥运会里那些已经改良过的格斗比赛项目，你们这里的格斗才最真实，所以我想用它来检验自己的成果。"

　　当王鹏翔真正出场时，他已经与俱乐部内所有高手较量过，那种神秘的搏击术百试不爽。对手并未受到重创，但都无法伤害到他，只是不停地摔倒，爬起来，再摔倒。俱乐部有人把他的格斗录了像，定格研究，根本找不到那些动作有什么规律，几乎都是顺势而发，在恰当的时机做出一个恰当的动作，对方必然失去平衡。

　　当然，这些都是自己人在内部切磋，只有出场比赛才能见真章。于是，有一天，王鹏翔戴着一个马来民间神明"拿督公"的面具，赤裸上身进入赛场。

　　第一场的对手是名土生白人，高大粗壮。英国人当年离开时，好多白人喜欢这里的生活，同时拥有两国国籍。这些人的后代也习惯了当马来人。

　　锣声一响，王鹏翔就扑上去，双手猛推对方的胸膛。这完全是街头小孩子的打法。对手冷笑一声，用力抵住，胸口的压力一下子消失，而自己前抵的力量让他摔了个嘴啃地。

　　观众一片哗然，谁也没看清楚发生了什么。

年轻白人爬起来，挥拳扑了上来。王鹏翔躲过拳锋，和对方抱在一起。观众能看清楚的过程到此为止，接下来，年轻白人再一次摔倒在地。

比赛以年轻白人摔倒十七次而告终。观众始则震惊，继而好奇，最后逐渐感觉无聊。年轻白人向裁判申诉，说这个对手使诈，他身上肯定装了什么东西。或者他的鞋可能有问题，施放了润滑油所以他本人能够不摔倒。裁判一一检查过后，宣布这些申诉都无效。

打这么一场比赛，王鹏翔不仅轻松获胜，而且没浪费多少体力。第二天，他就接受了再一次挑战。

一周后，王鹏翔打到第五场。当他第十二次把对手摔倒在地时，观众席上发出了震耳欲聋的喊声："假拳！假拳！假拳！假拳！"

比赛结束了，当王鹏翔洗漱完毕，换好平时的装束后，俱乐部经理满脸堆笑，递上一个装满美元的纸包，请王鹏翔解除合同。"不是您的水平不够，来这里的观众想看头破血流的场面。您这种和平拳法会让观众睡着的。瞧，这是您的合同所得，还有我们的违约金。"

王鹏翔已经证明了自己的假设，也想早点回学校了。于是就坡下驴，拿着钱离开俱乐部。刚到门口，就看到肖亚玲生气地堵在那里。

"王鹏翔，你怎么跑到这里打黑拳？要是出了事，我怎么向你妈妈交代！"

肖亚玲的母性一瞬间大爆发，不过她很快克制住了自己。是的，这不是自己的儿子，她不能这样对他说话。

两个人返回香港。一路上，王鹏翔就像做错事的孩子，鼓足勇气但却不知道如何开口。直到上了飞机，他才道歉，说自己是怕肖阿姨担心，才悄悄出来。

"你说得对，我确实很担心。而且，你犯了很多傻孩子才犯的错误。"

"哦？"

"他们认为大人理解不了他们做的事。其实，这个规律只对那些没见过世面的家长才有用。"

王鹏翔笑了，他知道肖阿姨原谅了自己。

回到香港，王鹏翔开始总结他惊人的发现。武史记载，明末清初之际，河南温县陈家沟的陈王廷创立了太极拳。实际上，当时他们只是称自己的拳术为"陈家拳"。一直到十四代传人陈长兴，都没使用过"太极拳"这个名称。太极拳出自明末王宗岳《太极拳论》。此书虽然立意颇深，但王宗岳自己没有留下传人，谁也不知道他的真实功夫如何。

虽然陈家人只是在练"陈家拳"，但已经有了后来太极拳的基本风格。讲究以柔克刚，舍己从人，避实就虚，引进落空，借力打力。不过，一种拳法能发挥到什么程度，还要看使拳的人自己的天赋。

到了 19 世纪中叶，一代天才杨露禅混入陈家沟学拳，不仅让太极拳从此走入千家万户，而且他也把它的本意发扬到极点，成为前无古人的格斗大师。

从那以后，杨露禅、杨班候、吴鉴泉这些大师互相切磋，身手相传，将太极

拳的格斗特点发挥到了极致。然而问题也跟着来了,这种高入云端的格斗能力难以用语言来表达。不光别人不行,这几位大师自己都无法把它讲清楚。

接下来,清朝废了武举,再后来热兵器彻底征服了冷兵器。科学时代登陆中国后,人们忙于著书立说,有关太极拳的书一年多似一年,然而真正拥有那种超常格斗能力的人却一代少似一代。到今天,太极拳著作多得可以把人埋起来。可当王轩举着摄像机,周游全国各地拍摄武术资料时,却没有录到一次太极拳法用于实战的例子,只记录到各种推手训练和单人表演。到最后,王轩也认为太极拳可能就是种健身拳术,毫无技击价值。

然而,万里之外的西伯利亚,一个从来没练过太极,甚至可能都没听说过这种武术的外国人,从另一条道路同样攀上人类格斗技能的巅峰。两者都是靠着精细的身体感知能力,而不是什么招式。

摆在王鹏翔面前的,就是这样一个惊人的推测。然而,除了请谢尔盖当众表演外,他无法向公众证明这个推测。甚至就是能把他请来也没有用,活着的人里面,已经没有人能够再使用太极格斗术,谁又能证明谢尔盖的武功和太极拳异曲同工呢?

肖亚玲是王鹏翔唯一可以倾谈这类话题的人。听完王鹏翔的讲述,肖亚玲沉思半天。是的,她一直强调,对于武术研究来说,录像资料才是实据。现在证据摆在面前肖亚玲要给它一个合理的解释。"整合,信息整合能力!太极推手就是一套信息整合能力训练术!"

"信息整合？"

"就拿现在来说吧，你坐在我对面，能看到我的脸，听到我的声音，你能感觉到椅子的软硬，能闻到空气里有什么气味，还有衣服穿得合不合适，坐久了腰酸不酸，腿麻不麻。这些杂七杂八的感觉，在你主观世界里是分离的吗？它们是一片光线？一堆图像？一串声音？一堆触觉刺激？不，周围这一切在你的主观世界里是个整体。根本不用思考，你的脑子自动把它们拼成一体，这就是感觉整合。"

王鹏翔能明白这个概念，但是……"我们每时每刻都这样，不用训练也行啊。"

"这不是先天拥有的能力，我们在婴幼儿时期，感觉是分离的，我们要花几年时间才能掌握它。所以，即使普通人的信息整合能力，也都是训练出来的，只是我们不记得那个过程。"

王鹏翔点点头。

"到了成年之后，如果周围突然响起一个声音，亮起一道闪光，这些新异刺激就会打破你的整体感，你的精神要重新把它们整合。"

王鹏翔继续点头，消化着对方有些艰深的解释。

"在平时，我们很少面对大量新异刺激，所以你可以安静地读书，几小时没人打扰你。但在格斗时，每分每秒你都要面对新异刺激。你要看到对方的动作，如果纠缠在一起，你要用身体感觉对方的压力。"

王鹏翔突然站起来:"我明白了,整合这些新异刺激的能力有高有低。一般人很低,普通拳师高一些,通过太极推手训练出来的人最高。不,不是现在的太极推手,而是当年的,那些大师亲身做出来的动作。他们可以迅速整合视、听、触这些感觉,对对手的动作做出反应。是的,就是这么回事!谢尔盖根本没什么招式,他就是凭着整个身体感觉自动做出反应!"

要不是肖亚玲拉住,王鹏翔兴奋地要跳上桌子。他终于明白太极拳里那些古怪术语的含义了。什么"听劲""懂劲""不丢不顶"。前人没有那么精深的科学概念,只好自己发明一些词来描述那种感觉。

不过,明白归明白,蕴藏在这些概念中的真实人类感觉,已经没有谁还拥有了。

"肖阿姨,这就像全世界都是盲人,有个明眼人给他们讲自己看到的东西。盲人可以听清每个词,但不知道它们指的是什么!前辈们讲解太极拳的书都摆在那里,不停地翻印,但是没有用,没有人再真正拥有那些感觉!这些文字都是死的。"

肖亚玲不动声色地看着王鹏翔。这个时候他的神情颇似王轩,一副天降大任于斯人的自负模样。"盲人群中的明眼人",也许是这孩子顺手找来的比喻,但这个比喻背后的内容很吓人。

当今世界,可能只有谢尔盖,最多加上王鹏翔,无意间掌握了人类顶级的格斗术。练到这个境界,只有他们彼此是对手,任何人都无法击败他们。谢尔盖

一言不发,而王鹏翔就是说了什么,别人也无从理解,因为旁人无法拥有那些体验。

这个不到二十岁的孩子,能够控制这种强大的能力吗?他知道能用它做什么,不能做什么吗?

"现在你要做什么?"肖亚玲干脆把问题摆出来。

"现在?我要做什么?我要……"王鹏翔在屋子里转了几圈,冷静下来,开口说道,"现在我要找到谢尔盖,告诉他,不用当哑巴,也能训练出绝世武功!"

肖亚玲指了一下里面的实验室:"莫非你要把终极武术这个秘密告诉他?你了解他这个人吗?他的同事可都是杀手,他自己未必不是。"

"是他帮我悟到格斗技术的最高境界,就算回报吧,我应该告诉他!以后不用生活在荒郊野外,就是待在闹市里,也可以保持他的格斗能力。而且,我要让他恢复成一个正常的父亲,可以和女儿说话,交流。阿婕丽娜需要这样的父亲。"

肖亚玲笑出声来,王鹏翔最后给出的这个理由,她觉得不应该反对。

第九章

里海怪兽

然而，当王鹏翔自认为找到答案后才发现，阿婕丽娜却不是那么好找的。自从回到香港，她突然对王鹏翔冷淡下来，在电子邮件里只有几句简单问候。王鹏翔询问谢尔盖的近况，阿婕丽娜回答说已经不和他在一起了。这让王鹏翔很吃惊，辛辛苦苦找到父亲，难道因为他不是自己想象的那样，就不来往了？

最令王鹏翔生气的是，如果不是他主动发电子邮件，阿婕丽娜绝不联系他。王鹏翔拨打她留下的手机号，里面只有一串俄文提示。王鹏翔请教会俄义的同学，原来阿婕丽娜已经换了手机号。

终于，王鹏翔认定这个俄国姐姐是想玩失踪。这是为什么？难道有什么举

动冒犯了她？自己并没有过分热情啊。难道连个普通朋友都不可以做？哼，摆明了只是利用自己的热情，陪她深入荒野去找人。王鹏翔越想越生气。

何志浩与王鹏翔亦师亦友，如果选他的课，王鹏翔可以翘课做自己的事，考勤学分照拿，条件是好好给何志浩当实验助手。这天又轮到何志浩的课，他在走廊里找到王鹏翔，让他回宿舍。

"有个'鬼妹'找你。"何志浩向他挤了挤眼，"快去吧，很正点哦。"

王鹏翔心跳加速，三步两步跑回宿舍。阿婕丽娜果然等在那里，看到王鹏翔，"鬼妹"一头扑进他的怀里，嘤嘤地哭起来。

这才是自己期待的反应，王鹏翔虽然不知道发生了什么事，但一个女孩子来自己这里寻找安慰，他当然很受用。好半天，阿婕丽娜才止住哭声。"请原谅我一直不敢联系你，我爸爸出事了，执法部门说他杀了好多人，要从我这里找到他的线索。"

听了好一会儿，王鹏翔才搞清楚来龙去脉。原来，谢尔盖似乎在遇到他们之前，曾经在那个废弃的基地里大开杀戒。对方是一群人，只有一个安全部官员和一个保安逃脱。当时执法人员找不到谢尔盖的下落，阿婕丽娜因为陪在父亲身边，直到王鹏翔离境后很久，才返回自己的家，立刻被守在那里的执法人员带去盘问。

虽然不相信父亲会杀人，但阿婕丽娜毕竟单纯，经不起执法人员询问，说出了谢尔盖藏身的地方。佐林迅速带人，乘几架直升机扑了过去。他知道谢尔盖有灵敏的感觉能力,能够提前知道危险,他希望靠飞机的速度来弥补。

佐林又失算了。飞机发动机工作时会产生次声,传递到远方。人类的耳朵听不到次声,但是内脏会产生共振,形成某种轻微恶心的感觉。斯皮尔金研究过马卡列维夫提供的案例,认为当年那几个神奇的志愿军监视哨,就是凭这种内脏感觉,在超视距范围里侦查到敌机。他们屡屡成功,但是说不清自己如何做到这一点。

于是,斯皮尔金就在"白狐"训练中增加了这样的课程:在队员们看不到、听不到的远处开启发动机,让他们记录自己的内脏感觉,再告诉他们发动机的型号。久而久之,极个别队员便能够凭借内脏对次声的反应,察觉附近是有辆坦克驶来,还是有架飞机逼近。

谢尔盖独自深入荒野进行修炼后,这种感觉越来越清晰,他甚至能感觉到比发动机强烈得多的次声源。它们极有可能是地层深处的地质断裂,也有可能是遥远地方的火山爆发,或者大气风暴。

谢尔盖的感觉能力,已经接近了黑猩猩的境界!再发展下去,终究有一天他能够和家畜、禽鸟一样,用身体来预测地震。

所以,直升机远在几十公里之外,谢尔盖就有所察觉。他迅速离开小屋,隐伏到雪原里。前后只有几分钟,但对于一只"白狐"来说,这已经足够他躲过追捕。

没找到谢尔盖,阿婕丽娜就一直被监视居住,她的来往电子邮件都有人检查。为了不连累王鹏翔，阿婕丽娜只好在电子邮件里表示冷淡。过了几十天，谢尔盖依旧没有露面，警方解除了对阿婕丽娜的监视，她才得以出国，寻找唯一能帮助自己解决这个问题的人。

谢尔盖屠杀了几个人？为什么？怎么会？虽然此人不言不语，但王鹏翔和他相处短短几天，就能充分体会到他的善意。想了想，王鹏翔决定再向肖亚玲请教。后者是心理学家，也许能推测谢尔盖的内心世界。

听到要带自己去见外人，阿婕丽娜谨慎起来，连忙问那是谁。王鹏翔干脆告诉她，那是自己的干妈！自己最信任的人。

看到王鹏翔带着那个传说中的俄国女孩进来，肖亚玲差点笑出声来。她想起了王轩，如果他活着，能猜到自己可能会有个金发碧眼的儿媳妇吗？虽然王鹏翔从未说他们是恋人，但是阿婕丽娜望着他的眼神已经说明了一切。

"你能想到和我讨论这些事，很好。"肖亚玲小小地挖苦了王鹏翔两句，"说明你没把我当成胆小怕事的家庭妇女。"

王鹏翔尴尬地嘿嘿一笑。肖亚玲饶有兴趣地向阿婕丽娜询问，王鹏翔离开后，他们父女俩究竟是怎么相处的，最关键的是谢尔盖有没有再说话。

阿婕丽娜告诉他们，谢尔盖仍然整天都不说一句话，但他们之间的沟通似乎很顺畅。通常是阿婕丽娜倾诉自己的成长经历，谢尔盖认真地听着，或报以微笑，或拍拍女儿的肩膀。日常生活中，谢尔盖总能用简洁的手势表达自己的意思。小木屋里没有现代化的物件，谢尔盖也不必向她解释什么过于复杂

的东西。

直至最后，谢尔盖才对女儿说了几句话。大体是，你有自己的生活，不能老在这里陪我，我会经常去看你。他还劝慰女儿，自己这种生活并不辛酸，这是他的选择，不必为他伤心。

"但是现在，就连这样的家他都没有了，他一定藏在荒野里。"阿婕丽娜哭出声来。

此时已经到了春天，西伯利亚荒野里的情况会更适合野外生存。别处不说，就在奥廖克明斯克这个地方，夏天居然测到过 40℃的高温。擅长野外生存的谢尔盖，想必性命无忧。

听完这些讲述，肖亚玲讲了自己站在外人角度的看法："阿婕丽娜小姐，请原谅我对你父亲不敬。你并不了解他，也许俄国警察说的都是真的。他可能出于恐惧，觉得自己受到了威胁，动手杀了很多人，同时他也会很关心你，因为他是你父亲嘛。这两种行为完全可以表现在一个人身上。就说你那位佩舍夫大叔，很关心你们母女，他不也当过杀手嘛。"

王鹏翔想反驳肖阿姨的话，但他发现自己找不出理由。为什么要相信谢尔盖没杀人？那只是种感觉，只有面对那个人，看着他的动作，看着他的眼神，才能体会到他的善良。但这些如何能作为逻辑上的理由，讲给一个不曾与谢尔盖见过面的人？

王鹏翔终于深深地意识到语言的局限性。是的，很多很多细微的东西，他不是通过语言来认识的,更无法用语言来描述。谢尔盖这个人,这个不说话的人,正是这样的对象。没见过他的人,仅仅凭借语言描述,根本不会知道他是怎样一个人。

"可是,我坚信他是无辜的。"阿婕丽娜争辩道,"特别是,他们指责他杀人的时候,就是他和我们相识的前一晚。他怎么会刚刚那么冷血,又过来和我相见。"

这次连王鹏翔都不敢附和她,这个理由在旁人听来一点逻辑也没有。一个人当然可以刚杀完人,又和亲属平静地相处。但是王鹏翔知道,她说的并没有错。她是在描述一种感觉,只有他拥有同样的感觉。

"那么,阿婕丽娜小姐,你准备做什么呢?"肖亚玲知道靠逻辑说服不了这个女孩,转移了话题。

"我想再找到他。"

这次,就连王鹏翔都无法理解女孩的动机。一大群执法人员,拿着先进设备都无法找到这个人,她自己怎么找得到?

然而,阿婕丽娜给出了一个难以反驳的动机:"其实这么多年里,他经常出现在我身边。不是在这座城市,就是在那座城市。以前达丽娅说我产生了幻想,会把某个陌生的中年人想象成他。现在我回忆,那就是他本人!是的,他爱我,他一直在关注我的成长。现在,因为警察密探都盯着我周围,他知道危险,所以不敢现身。如果我深入荒野,甩开那些人,他就会出来的。"

听上去完全是毫无逻辑的胡言乱语，但是王鹏翔却点了点头："是的，我相信她的推测。"

"好吧，那你就去试试吧。"肖亚玲觉得要结束一场没有逻辑的辩论，这是最好的办法。

"嗯，但我想……再请王鹏翔帮忙，毕竟那是在西伯利亚荒野。"

"什么?你父亲涉嫌刑事案，王鹏翔又是个外国人，他不能卷入你们的这些事。"肖亚玲不满地说道。

"肖阿姨，我真的想去！"王鹏翔终于说出了自己的决定。

肖亚玲愣住了，说不出话来，用眼神询问王鹏翔。

"您瞧，我用我设想的方法练了很久，我也在那些地下拳手身上检验过这种新功夫，但这都不是最有力的证据。想知道我现在获得的能力到了哪种地步，是不是谢尔盖拥有的那些本领，离他还差多远，只有一个办法——找到他，和他再较量一场！"

此时此刻的王鹏翔，完全是他父亲附了体，为了追求至高境界的格斗术，他会舍弃一切，会冒任何风险。那是一种使命感，也许到头来毫无价值，但他就是要去履行这种使命。

肖亚玲应该阻止吗?她不认为自己能阻止得了！但是，怎么也要试一下："但是，上次他还没有被通缉，这次再见面，他可能会杀了你灭口！"

"他不会的，肖阿姨，我确定他不是凶手！"

肖亚玲无奈地摇摇头："好吧，还有一件事，如果遇到俄罗斯警察，你不能动手，你是外国人，在别人的国家要守法。"

"这个我明白。"

阿婕丽娜突然抱住王鹏翔，毫无顾忌地在他额头上重重一吻。肖亚玲笑了笑，转身走开，她知道到了自己离开的时候。

两人再次进入俄罗斯，再次来到"寒极"，再次进入荒野。阿婕丽娜换了一个又一个地方，苦苦等待。不过，谢尔盖并没有现身。

一天天就这么过去了。坐在小河边，沐浴在北极光下，王鹏翔搂着阿婕丽娜，任凭她在自己怀里抽泣着。是的，认为谢尔盖能现身，那毕竟只是种感觉。也许，逻辑和理性真能显示出它的威力？

忽然，附近传来嘈杂的脚步声，王鹏翔大吃一惊，他并没有专门训练自己的外感觉，视觉、听觉和嗅觉远没有达到"白狐"的程度。所以，一群普通刑事警察就能把他包围起来。

遵从肖亚玲的嘱咐，王鹏翔没有反抗。阿婕丽娜质问警察，他们回答说，王鹏翔涉嫌非法入境，必须审问。于是，他俩被分开带走。

几小时后，在一个四面封闭的地方，王鹏翔被带到审讯室。灯光打到他的脸上、身上，佐林坐在他对面。还有几个保镖，小心翼翼地盯着王鹏翔，一只手放到枪套上。他们都知道这个东方小伙子和谢尔盖一样神奇，他们不是人，而

是人形的武器！

"先生，我没有触犯贵国的法律。"王鹏翔喊着。

"说得轻巧，我国的法律你又能懂多少？"佐林用英语审问他，"小朋友，你很不明智，卷到一个你不理解的案件中来。告诉我，谢尔盖在哪里？"

"不，我不知道，我也在找他。"

"找他做什么？"

"您想听实话吗？迄今为止，谢尔盖是用科学手段记录到的最强大的格斗高手，有可能全世界独一无二。我要找到他，和他格斗，检验一下我的功夫到了什么程度。"

王鹏翔知道，越是讲实话，越能把对方迷惑住。果然，这个动机不光把佐林听笑了，周围保镖里也有人忍不住笑出来。

"他会杀了你的。小朋友，他不是戴拳套的专业运动员，会讲什么比赛规则。"

"你们一直怀疑他杀人，可是你们看到他杀人了？拍到他杀人的证据了？"王鹏翔无从辩解，只好凭借本能大喊着。他根本不知道俄国警察为什么指控谢尔盖杀了人。

"我当然……"

佐林收回了下半句话。能坐到现在的位置上，他是何等聪明的人。听到王鹏翔无心的一句质问，他立刻意识到自己可能被人涮了！

想到这里，佐林立刻叫警察们回避。警察担心王鹏翔会袭击他，想留下来，被佐林坚决地斥退。他要好好想想事情的前后过程。

是的，我看到谢尔盖了吗？我确实在现场，看到一个人像机器一样疯狂杀人。可那是谢尔盖吗？为了御寒，那里的人都蒙着脸，只露眼睛，所以根本看不清长相。我只是看到他穿着和谢尔盖一模一样的衣服，体形和他很接近。

"白狐"们不都是那种体形吗？

我根本没认清那是谁！

是啊，现场那么多格斗高手，一个都没逃出来，单单让自己一个坐办公室的文官逃掉。为什么？这不是侥幸，是对方要让自己做个见证！仓皇之下，他会想当然地把杀手认成谢尔盖。

不，这里面好像有什么不对头。那身衣服并非专业装备，市场上就可以买到。但是，如果要穿得和谢尔盖一模一样，那个冒牌货必须知道谢尔盖在前一晚穿了什么衣服。难道，谢尔盖现身时他们藏在附近？不会，谢尔盖神通广大，附近隐藏着另一批人，他肯定能感觉到。

是自己这批人里有内鬼！对，现场还有一个幸存者，就是诺维科夫的保安队长。

佐林马上又想到另外一件事。当初诺维科夫与科查夫见面，为了防备他的"器官控制术"，内衣里衬了层金属箔，被科查夫用"思维波"探测了出来。佐林多年参与调查邪教，知道那里面肯定有个简单的把戏，但一直没猜透科查夫是

〔 170 〕

怎么玩的。现在他明白了，保安队长就是科查夫的内线，他只要告诉真正的主子，诺维科夫在里面穿了什么就行。

这是借刀杀人之计！科查夫想借佐林的手，通过俄罗斯强力部门寻找谢尔盖，至少逼得他不敢现身，这样就无法干扰他们目前的计划了。然而，为什么谢尔盖时隔多年又成了科查夫的目标？很简单，正是自己向诺维科夫推荐了这位隐士，而诺维科夫在不经意的情况下，又让保安队长知道了这个计划。科查夫原本就害怕这个师弟，现在当然是必欲除之而后快。

借刀杀人？哼哼，不是只有科查夫能办到。主意已定，佐林关上门，亲自给王鹏翔端来一杯咖啡，微笑示意，缓和气氛。王鹏翔毕竟年轻，看到他这个样子，精神上也放松下来。

"我的中国朋友，我也怀疑谢尔盖是无辜的。你想不想知道谁最有可能陷害他？当初你进入俄罗斯，和阿婕丽娜寻找她的父亲，一路上都有神秘力量袭击你，你想不想知道那是谁？"

王鹏翔自然点了点头，这个谜他一直都想解开。于是，佐林将科查夫的事情拣紧要的讲给他听，最后说出了自己的忧虑："你瞧，这个犯罪头目渗透能力很强，我手下虽然有很多人，可不知道哪个是他的眼线。你不一样，你是外国人，你是为了一个女孩儿的幸福来到俄罗斯，百分之百和科查夫没有关系。所以，我可以相信你！"

王鹏翔很反感有人曲解他的动机，为了一个女孩儿？这太小看自己了吧，

他是为了伟大的终极格斗术才来到俄罗斯。不过,他张了张口,却发现难以说清自己的动机,只好又住了口。他冒险来俄罗斯,真的和阿婕丽娜没有关系?

佐林继续说出他的想法:"科查夫手下最有力的助手,就是过去的'白狐'。他们并非怪物,如果把一个'白狐'队员围在原野里,一顿冲锋枪扫过去,他当然也会毙命。问题是,他们会避免出现在这种场合下,总能够超视距地察觉到对手。所以我们抓不到他们,特别是无法在犯罪现场抓到他们。你不同,你是另一个世界来的'白狐',你和他们都交过手,你有把握生擒他们中的任何一个!"

斯皮尔金是科班出身的心理学家,当他想到要提升人类个体的感知能力时,就按心理学的成果设计训练方式。围绕着视觉、听觉、嗅觉、味觉和触觉这五种外感觉,斯皮尔金设计的训练体系让"白狐"们冠绝人伦,堪比灵兽。在这个方面,王鹏翔远远不及。

然而人类还有三种感觉,用来体察身体内部传来的信号,分别是由半规管传递的平衡觉,由内脏感受器传递的内脏觉,由骨骼、肌肉上的感受器传递的肌体觉。针对这些感觉,斯皮尔金也设计了系统的训练方式,不过都过于复杂和机械。他并不知道世界上还有一种叫"太极推手"的技术,可以通过人与人的力量来传导体验,飞快地提高这三种内部感觉。

当然,那些擅长太极推手的高人们,也不懂得现代心理学,只能用难懂的词汇笨拙地记录自己的感受。所以,这种武功的真谛早就流失了。

如今，较量起五种外感觉，王鹏翔远不如"白狐"。但如果在一间屋子里短兵相接，王鹏翔自认内感觉不次于他们中的任何一个。甚至，他认为自己已经胜过两个神秘杀手，仅次于谢尔盖。

王鹏翔自信地点点头。

"那好！就请您帮我抓一只'白狐'，通过他揭穿科查夫的真面目。"

"不过，我来俄罗斯，是帮助阿婕丽娜找她父亲的。"

"这两件事是一回事。谢尔盖有可能被科查夫设计冤枉。你抓到'白狐'，我找到口供，他自然得以昭雪。不过，这个计划暂时不要和你的心上人讲，她毕竟是女人，妇人之仁会毁了我们的计划。"

与隐伏的"白狐"们周旋多年，佐林不仅没有抓到他们中的任何一个，甚至找不到他们犯过罪的确凿证据。这次，他要借外力实现零的突破。

这些天，亿万富翁诺维科夫的情绪越来越坏。他像只困兽，在屋里团团转。诺维科夫在商场上一向处变不惊，但这次，他被人抓住了最大的弱点。没几个父亲擅长对付叛逆的儿子。

"泛亚石油公司"换了第二代，"新世纪金融服务公司"换了第二代，"巴赫迪亚尔矿业公司"换了第二代，所有这些新老板统统是科查夫的忠实弟子。而且，诺维科夫据内线情报得知，至少巴赫迪亚尔公司的前老板死得不明不白。

诺维科夫已经能看到一张无形的网向他头顶罩过来。有一天他会死于平

常的疾病，或者普通的事故，公司名正言顺地被儿子接管。那个小子会牺牲父亲的生命吗？看来会，他们已经被彻底洗脑，着迷于成为"新俄罗斯人"，进而引导人类进入所谓的新纪元。对于还是"旧俄罗斯人"的父亲，他看上去没有一点关心，没有丝毫同情。

"不，我必须主动出击，不管什么谢尔盖啦，我自己解决问题！"当着保安队长和其他几个心腹的面，诺维科夫表示出自己的决心，"听说他们在阿斯特拉罕有秘密基地，鲍里斯就在那里。你们把它找到，我亲自去把儿子救出来。"

几天后，保安队长便高效率地完成了工作。俄罗斯在里海与黑海之间正在兴建大规模的联通工程。前几年，"泛俄商业储备银行"想进军实业，在此项目上有大量投资。伊斯克拉继承父亲的产业后，就接管了那里方圆几百平方公里的工程用地，请尊师科查夫在那里设置秘密基地，训练其他"富二代"。鲍里斯目前正在里面受训。

诺维科夫拍出大价钱，从黑道上请来数位高手，加上保安队长和几个职业保镖，亲自奔赴阿斯特拉罕。想当初诺维科夫发迹之时，也是黑白两道通吃才有今天，现在的危机似乎重新激发了他的豪情壮志。

在距离工程区域几百米处，诺维科夫租下一幢旧楼当指挥部。当晚，他便把一群高手叫到眼前，布置任务。除了保安队长外，这群人要悉数出动，或袭扰，或主攻，务必抢出他的孩子。

"必要的时候，你们可以将他打成残疾，再拖回来。"诺维科夫双眼血红，

"毁了他的肉体，总好过毁了他的精神。"

夜幕下，一群高手化装成工地工人，暗藏枪械，分几路摸进工程区。那里大部分区域仍然是正常的施工区，各种施工机械排列有序，有几个作业面还亮着灯光，工人们在那里忙碌着。他们的目标是当地一幢临海的办公楼。那里有巨大的地下室，据悉已经被科查夫改造成秘密基地。

诺维科夫坐在自己的临时指挥所里，关上灯，紧张地用望远镜观察着对面。保安队长握着枪站在他身后。就在这时，一个黑色幽灵从中央空调里无声无息地爬出来。当他落地时，发出一丝轻微的动静。保安队长猛地回身，拔枪在手，还没等他扣动扳机，对方已经将他的身体扛起来，摔到一边。

诺维科夫转过身，正看到黑色幽灵扑向自己。他用尽全身力气大喊一声，既喊出了自己的恐惧，也分散了对方的注意力。那个人在哪里？佐林答应派出的那个人在哪里？怎么看不到他？

诺维科夫的心悬到了极点。再过半秒钟，即使对方抓不到他，他也得掏出硝酸甘油才能解决问题了。

就在这时，一条绳索从黑暗中卷了过来，像有生命一样轻拍杀手的肩膀。袭击者在前冲过程中，仍然对周围保持着警戒，发现绳索袭来急急刹住脚步，闪过这一击。

灯光突然大亮，一个矫健的黄种人从隐身处冲了出来。途经保安队长身边时，后者双手撑地，正要爬起来，却被这个东方人用力踩在两只手掌上。保安队长惨叫一声,滚倒在地。

又是他!这是古拉耶夫第三次遇到王鹏翔,他惊出一身冷汗。第一次是遭遇战,第二次是对方跟踪自己,这一次……

古拉耶夫知道自己中了圈套,眼下只有干掉这个东方人。他像一只灵猫般扑上来,双手擒住王鹏翔。这正是王鹏翔想要的,两个人的身体刚一接触,古拉耶夫就狼狈地摔倒在地。

这是他职业生涯里从未有过的事情,古拉耶夫顺势打了一个滚翻爬起来,王鹏翔已经跟到他的身侧,抓住他的衣服,两个人的身体再次接触。然后,古拉耶夫再次扑倒在地。这次,王鹏翔跟着蹲下去,俯身重重一拳打在他的头上。

虽然身体感觉异常灵敏,但是还没有发育成熟的肌肉却是个缺陷。挨了王鹏翔一拳后,古拉耶夫居然还撑着想起身。王鹏翔大骇,一拳一拳猛击对方的头部。

"够了,你会打死他的!"

三名联邦安全局密探从门口冲了进来,为了不让古拉耶夫发觉,他们都隐伏在楼外上百米远处,等王鹏翔出击后才飞跑过来。其中一个人按住古拉耶夫,给他注射了麻醉药,大家合力把他锁起来。

他们终于在犯罪现场抓捕到一只"白狐"。

王鹏翔站起来,大口出着气。忽然他想起了一个名字——井拳功!从上往

下击打目标,这个动作在实战中真没有用吗?

他决定回到香港后,好好读读父亲对井拳功的记录。

"诺维科夫先生,任务已经完成,叫你的人停下来撤退吧。"带队的安全局的官员提醒亿万富翁。不料,后者坚定地摇摇头。

"你们的任务完成了,我的还没有!"

以自己作诱饵,帮助佐林抓捕一只"白狐",再从他身上找到科查夫的罪证,诺维科夫完成了好友的嘱托。现在他要做自己的事,原计划不变,抢出儿子。安全局的官员知道无法劝阻,便扛着昏迷不醒的古拉耶夫,带着王鹏翔离开小楼,坐上岸边的快艇。他们不能参与到黑帮之间的争斗中来。

小艇在黑暗中驶离岸边,驶向里海中的奇斯托依班岛,那里有安全局的秘密基地,古拉耶夫将被关在此处受审。王鹏翔到达那里后,佐林会直接将他送走。

小艇开了没几分钟,远处便隐约传来枪声,诺维科夫的人和对方正在交火。这不属于安全局的任务范围,安全局的官员向佐林报告完情况,继续驾驶小艇向前开。很快,他们就再听不到枪声。

又过了一会儿,一阵低沉的轰鸣声从海岸方向传过来。那声音既像飞机,又像快艇。安全局的官员打开小艇上的雷达,只见一个大家伙正迅速朝这里逼近。雷达上看不清它的模样,只知道它体量巨大,速度又极快。以小艇的速度,十分钟内就会被追上。

发觉来者不善,安全局的官员当机立断,指挥小艇驶向最近的一处荒岛,并请求总部支援。这个荒岛上面只有一座无人值守的自动水文观测站。他们把小艇开进一个狭湾,由一个安全局的人员扛着昏迷不醒的古拉耶夫,大家一起向坡上退去。

月光下,一个巨大的银白色身影来到小岛附近。"天啊,'里海怪兽'!"王鹏翔大吃一惊。这东西与奥廖克玛军营里的那艘显然是姐妹船。当初他看到那堆废金属时,无法想象出它飞起来会是如此壮观。

转眼间,"里海怪兽"就杀到小岛边上。它降低速度,像一架水上飞机般停在海面上。机尾舱门打开,两只登陆艇依次滑到水面,向小岛开来。每个小艇上都有几名武装人员。

"不好!"安全局的官员指挥众人向岛的深处转移。登陆艇已经驶到浅滩处,超过十名手持枪械的战斗人员冲了下来。科查夫手下并没有很多"白狐",遇到大阵仗,他还是需要传统的战斗人员。

这群人在岸边找到安全局的快艇。为首一人端起枪,打烂它的发动机。此人向周围的同伙做了个手势,众人散开队形,向岸上搜索前进。

看到来者人数众多,安全局的官员把王鹏翔按住,拿出一件变色迷彩服让他穿上:"你……不要跟我们走……自己躲起来。"

王鹏翔是个外国人,不能给他一支枪投入战斗。以他的身手,藏起来自保应该没问题。王鹏翔点点头,套上变色迷彩服,找了个地方躲起来。周围一片

黑暗，肉眼本来就看不到什么，这套迷彩服最大的用途在于能遮挡人体红外辐射。

十几个武装人员分散着向岛的深处摸去。王鹏翔尽管身经数战，但这样的阵势还是第一次遇到，好不容易才克制住自己，没从隐蔽处逃出去。两个武装人员从他旁边几米远摸了过去，等他们又走过几十米，王鹏翔才张开嘴，想长出一口气。

一只手突然从旁边伸出来，捂住了他的嘴。

 王鹏翔身后是斜坡，正半坐半倚间，遭此袭击，身体比脑子反应得快，迅速地扭了一下，让出重心，然而对方的手就像长到了他脸上，把他的嘴捂得紧紧的，两条腿也叉到他的腰间，把他死死缠住。

如果是站立着面向对手，精神上有防备，王鹏翔还可以逃脱，但他的功夫毕竟没到炉火纯青的地步，遇到这样的偷袭，一下子便着了道。

王鹏翔的心一下子沉到谷底，世上怎会有如此高手。他的疑问马上就得到了答案，那个人转到他面前，向他比画了一个噤声的动作。原来是谢尔盖！

"天啊，是您！"

自从答应参加佐林的计划后，王鹏翔逐渐淡忘了寻找谢尔盖这个目标。就在他完全没有预料到的地方，谢尔盖却出现了。他指指下面的地效飞行器："你……我……夺下它。里面只有两个人。"

说完，谢尔盖掏出一支 СПП-1М 式 4.5mm 水下手枪，那是俄罗斯武装蛙人专用的防水手枪。"白狐"们不喜欢用武器，不等于他们不会用武器，他们毕竟是克格勃系列的特种兵。

地效飞行器静静躺在水面上，附近漂着被打烂的小艇。谢尔盖带着王鹏翔，悄悄绕到"里海怪兽"侧后方。他曾经在同型机里面生活多年，知道它的观察死角在哪里。

"我……上去……成功后用它叫你！"谢尔盖把王鹏翔按倒在岸边，指着手枪上的电筒，悄悄对他说。王鹏翔知道这不是自己逞英雄的时候，赶快隐蔽好，看着谢尔盖潜入水中，悄无声息地向地效飞行器游去。

乌云挡住月光，王鹏翔把眼睛都看酸了，也没看清谢尔盖是否爬上去，又是否得手。三分钟、五分钟，枪声没有响起。不，不光枪声，干脆什么动静都没有，谢尔盖就像被金属怪兽吃掉了。

就在王鹏翔准备爬起来观察时，忽然，地效飞行器舱顶处闪过来电筒光，直射向王鹏翔的位置。他马上跑出隐藏地，先是蹚水，后是游泳，来到地效飞行器尾部，谢尔盖从上面扔下绳索，王鹏翔利落地爬了上去。

和飞机不同的是，地效飞行器一旦停在水面上，它就是一艘船，所以在背部设有舱盖，供人进出。谢尔盖就是从这里突袭进去的。王鹏翔跟着他来到驾驶室，那里有一些血迹，但没看到尸体，估计谢尔盖把它们藏了起来。虽然准备了枪械，但他还是用自己擅长的手段结束了战斗。

此时，岛的深处闪起了许多手电光，朝岸边移来，显然，武装人员与机内同伴联系不上，已经知道这里出了事。谢尔盖坐到驾驶员位置上，把王鹏翔叫到身边结结巴巴地问道："听阿婕丽娜说，你是驾驶高手？"

王鹏翔很肯定地点点头。虽然他只是在虚拟世界里驾驶过各种稀奇古怪的车辆，不过现在不是谦虚的时候。

"看好我的动作，一会儿你来驾驶，注意控制高度。"

"我来驾驶？您呢？"

"我要战斗！"

驾驶也是一门精细的动作技能，一个人要把手和脚的动作，与身体所感觉到的设备移动状况联系起来。所以运动能力越强的人，驾驶技能也越高，这也是谢尔盖敢于相信王鹏翔的原因。用了一分钟时间，王鹏翔就学会了启动、上升、加减速度、转弯等基本操作。然后谢尔盖就把驾驶员的位置让给他，自己坐到一边，打开武器系统。

"船头对准岸边，从左向右转，慢，再慢……"

王鹏翔调动他无与伦比的内部感觉，体验着地效飞行器的移动，让自己手臂扳动操纵杆的动作与它融为一体。

第一批武装人员已经冲到岸边，正准备爬上登陆艇渡水抢回"里海怪兽"。谢尔盖及时开了火，重机枪怒吼着横扫岸边，直打得飞沙走石。舱盖紧闭，挡住了外面的声音。但王鹏翔知道，如此猛烈的火力下，岸边那片地方已经成了活地狱。

自己连枪都不能碰,现在却好,亲手开着这么一件大杀器。

扫射完一轮后,地效飞行器的机头已经指向北方。"加速!离开!"谢尔盖命令道。他们驶离小岛,直奔科查夫的基地杀回去。

就在这时,一架直升机从侧后方尾随而来,同样隐伏在观察死角里,不断地靠近。谢尔盖估计了一下,知道机上各种武器都无法命中对方。"你在海面上画圈子,不要停,我出去!"

王鹏翔驾驶着庞然大物,以两公里为半径在海面上画起圈子。做出这种飞行姿势,机身要向圆心一侧倾斜,普通武装人员就无法从直升机跳上它的背部。

但是,对手阵营里还有不普通的杀手。索伊费尔指挥直升机慢慢靠近,距离合适后,他飞身跳到"里海怪兽"的背上,像钉子一样踩在那里。就在他降落的一瞬间,谢尔盖也冲出背舱盖,举枪向索伊费尔射击。索伊费尔早有准备,缩身到火箭发射器后面,朝谢尔盖还击。

此时,"里海怪兽"已经开到时速两百公里,机身上狂风大作,加上表面倾斜,普通人根本无法在上面立足。然而两大绝顶高手仍然能以火箭发射器和雷达为隐蔽物,互相周旋。他们都没有打中对方,索伊费尔领教过谢尔盖的厉害,不敢靠近他。

突然,谢尔盖朝对讲器里喊了一声:"刹车!"王鹏翔不假思索,紧急制动。

谢尔盖用后背抵在雷达整流罩上，消减着惯性。索伊费尔毫无准备，身体被从隐匿处扔了出来。掠过谢尔盖身边时，他本能地朝对手抓去。谢尔盖一挡、一带、一推，借力打力，将索伊费尔扔进里海。

与此同时，紧紧咬着"里海怪兽"的直升机也一下子冲到它前面，将整个尾部暴露在谢尔盖面前。他立刻举起手枪，朝着直升机的尾桨连连射击。一串火花迸出，直升机失去平衡，旋转着拍在水面上。

谢尔盖跳回机舱，让王鹏翔重新发动地效飞行器，朝着岸边基地冲过去。近了，更近了，谢尔盖打开舱背上的火箭发射器，一连串几枚火箭飞过去，炸开了基地的侧门，引爆了里面的一些燃料，一时间烈焰翻腾，火光冲天。

谢尔盖让王鹏翔接近，减速，转弯。"我出去后，你离开！"

"您一个人……"

"去找阿婕丽娜，保护好她！"

谢尔盖的身影消失在顶舱出口处，王鹏翔按照要求，在离基地大门一百米的地方猛转弯。谢尔盖顺势跳到浅滩上，冲向科查夫的秘密基地。

王鹏翔驾驶地效飞行器驶向远方，远了，更远了。背后爆炸连连，火光冲天，那里肯定混战成一团，没人再来追他。王鹏翔开着，开着，一个声音在他内心里响了起来，那是阿婕丽娜的声音："我爸爸怎么样了？"

是的，如果见到阿婕丽娜，王鹏翔无法面对这样的质问。他猛地调转机身，朝战场冲了回来。他不知道自己能帮上什么忙，只是想在这个时候，不能把谢尔盖一个人扔在那里。

王鹏翔把地效飞行器停在浅滩上,从舷舱口跳下来。一个身影出现在火光中,正是谢尔盖,背上还背着一个人。王鹏翔猛跑过去。谢尔盖腿一软,跪倒在沙滩上。背上的人被五花大绑,已经失去知觉,一下子摔到沙滩上。

"科查夫……我抓到他了。"

王鹏翔这才发现,谢尔盖的嘴角边大口大口流着鲜血。是的,他不是超人,他只是个战士,他也会受伤。

几架直升机从里海深处飞过来,探照灯直指沙滩。谢尔盖示意王鹏翔举起手来,表示自己没有危险。果然,这都是安全局的直升机,他能根据发动机的声音,辨别出它们的型号。

佐林亲自带人降落在岸边。他一直想找到谢尔盖。然而成功之后,谢尔盖却没有跟他说一句话。伟大的白狐已经走到生命的尽头,这次是完全说不出话来了。

在生命的最后时间里,没人听到谢尔盖说过什么,他也没留下一个字。谁也不知道他在想什么,只知道在最后时刻,谢尔盖恢复了战士的责任感。

第十章

飞翔的眼镜蛇

20 世纪 30 年代，德国纳粹政权为了证明雅利安人的优越性，派出生理学家分赴世界各地，测量各民族的平均脑容量。调查结果让这些日耳曼学者大吃一惊：世界上平均脑容量最大的民族竟然是蒙古人！

这个结果显然不符合宣传需要，所以被纳粹尘封起来。二战后苏联人将大量德国科学技术情报转运回国。辗转二十年后，它们被斯皮尔金拿到。

古代蒙古人生存的范围，大致从中国漠北，直到西伯利亚腹地这样一片区域。蒙古人并不以科学和文化见长，他们的脑容量惊人的发达，肯定不是为了装下风花雪月、诗词曲赋，而是为了适应这片环境带来的生存压力。

这样一块土地对人类意味着什么？当年这个谜始终盘绕在斯皮尔金的脑

子里。他执意要将"白狐"训练的最高阶段放到这里进行，其缘由也便来自这个调查结果。人脑对于现在的科研条件来说还是只"黑箱"，搞不清它的机理。那么，就用这片孕育出最大脑容量的土地，唤醒那些沉睡的潜能吧。

如今，斯皮尔金最后的成果，他的儿子，也已经随父亲而去。莫斯科大学心理学院里斯皮尔金的徒子徒孙征求阿婕丽娜的意见后，接受了他的遗体。他们要看看那个经过严酷训练的大脑，会变成什么样子。

阿婕丽娜连续几天不吃不喝，或者由伊丽娜陪伴，或者呆呆地握着王鹏翔的手。她寻找了多年的父亲，找到了，又失去了，而且这次是永远。开始王鹏翔还想劝慰几句，但越到这种关键场合，语言不通带来的麻烦越大。最后，王鹏翔断定自己只需要陪在她身边，就能给她带来足够的安慰。

语言在许多时候真的不重要！

俄联邦安全局为谢尔盖举行了秘密而隆重的葬礼，然而他们拒绝了佐林的建议，不准备留下王鹏翔，去研究谢尔盖生前的秘密。他们认为，个人单打独斗对于现代战争而言已经毫无意义。

阿婕丽娜终于挺过了"居丧反应"，王鹏翔也该回国了。这天，他们在莫斯科火车站分手。阿婕丽娜和达丽娅乘坐名叫"萨普桑"的火车奔赴圣彼得堡，参加昔日队友组织的活动。这是俄罗斯版的高铁，额定速度为每小时三百公里，不过一般只能开到二百公里。

候车室里，阿婕丽娜和王鹏翔依依话别："请原谅，现在我脑子里都是我父

亲。过段时间,我会振作起来,然后……我会去香港找你。"

直到现在,两个人都没有说一个"爱"字,但是他们都能感觉得到,自己是对方生命中最重要的人。所以,也许不需要把这个字说出口,而是要用行动表现出来?

王鹏翔返回旅馆,结了账,准备打车去机场。就在这时,大堂的电视里插播了一条突发新闻,有恐怖分子劫持了莫斯科到圣彼得堡的"萨普桑"列车,他们强制列车司机把速度开到极限,正朝圣彼得堡疾驶。

天啊,阿婕丽娜就在那趟列车上。王鹏翔二话没说,打车来到安全局门口,要求去见佐林。经过科查夫一案,这里的人都熟悉了这个东方小伙子,马上把他带到佐林的办公室。那里已经建成紧急对策办公室,佐林直接负责处理这起紧急事件。他没有时间接待王鹏翔,安排助手向他交代事情的原委。

原来,劫持列车的是科查夫众弟子中的三个。他们赤手空拳通过安检,直接坐进车头后面的头等舱。列车开出后,他们在头等舱里抓了其他乘客当人质,并且封闭了头等舱和后面的通道。

三个劫匪提出条件,必须马上释放科查夫,否则就让列车一直以最高速前进,在圣彼得堡终点站那里制造车毁人亡的惨剧。

头等舱!王鹏翔的心凉到了底。阿婕丽娜和达丽娅都坐在那里。果然,恐怖分子传出视频信号。他们为了示威,已经杀害了达丽娅。阿婕丽娜被反绑着,蹲坐在角落里。旁边还有两个孩子。显然,他们认为这些人质比较好控制。

把他们放进驾驶室,是避免俄军为了让列车停下来,用武器扫射车头。

"你们……你们要怎么营救他们?"王鹏翔急切地问道。

"我们……我们会启动既定程序。"佐林的助手安慰着他,"放心吧,我们会救出你的女朋友。"

王鹏翔听说过俄罗斯强力部门的一些传闻。在解救人质时,他们总是不惜使用武力。那么,他们会派人从直升机上跳下去?或者在"萨普桑"到达圣彼得堡之前击毁它?

怎么援救?"萨普桑"现在的速度已经提高到每小时三百公里,调度部门已经修改列车时刻,沿途列车纷纷避让。王鹏翔想象不出安全局的人会如何援救这些人。他们只有答应对方的条件,释放科查夫,或者……

安全局的官员在他身边进进出出,王鹏翔捕捉着他能听懂的俄语片断。果然,他们不准备释放罪犯,俄国政府不能向恐怖分子低头!这很牛,可是,阿婕丽娜怎么办?

突然,王鹏翔的脑子里出现了一段录像,那是军迷朋友发给他的。那是一种俄国飞机,它叫什么?那是什么飞行动作?

王鹏翔闭起眼睛,一个计划……不,那不是用语言构造的计划,只是一个动作的影像,它在王鹏翔脑子里越来越清楚。情急生智,靠着"念动想象",一个惊人的动作出现在他脑海里,越来越清晰,越来越精确。想着想着,王鹏翔觉得四肢百骸都在发热,发胀。

是的，他能完成这个动作！虽然他从未做过，虽然世界上没有任何人做过。

"王先生，您可以去休息了。"佐林的助手又走过来，劝他离开。

王鹏翔用力摆摆手："你们想派人上去，对不对？恐怖分子没有武器，只要闯进驾驶室，就能把人质救出来，把车停下来。"

助手耸耸肩，似乎无言以对。是的，他的上司们正在商量这个计划。不过他看不出那有什么可行性。不光是驾驶室和头等舱，"萨普桑"上面坐着几百个乘客，理论上他们都是人质。恐怖分子不允许列车减速，铁路调度只好让其他车辆避让，确保它不停地驶向圣彼得堡。一旦列车在攻击中出事，不知道要死伤多少人。

"列车时速三百公里，人根本登不上去。不，坐直升机也不行。"王鹏翔的脑子飞快地计算着，思维比平时提速了几倍，"如果你们一定要派人上去，那就让我去。"

"你……朋友，我知道你很能打。但正像你说的那样，派特种部队从时速三百公里的直升机降下去都不一定行，你想怎么进去？"

"我不坐直升机！我坐在苏35的后座上，接近列车，你们的飞机能够做那种什么……对，'普加乔夫眼镜蛇'。你让飞行员做这个动作，在飞机后仰时，我从后座弹出去，撞碎机车风挡，从那里闯进去。前后几秒钟，他们根本反应不过来。"

急中生智，一连串资料在王鹏翔脑子里组合起来，形成了这个疯狂的计划。安全局的官员不懂技术，但他多少知道什么是救生座椅。"天啊，从那个角度弹出去，降落伞就会把你带走，根本落不到'萨普桑'前面。"

"不，抛掉降落伞，高度不足二十米的时候，我直接撞碎风挡冲进去，用座椅减震就行！"

安全局的官员稍微想了想，就知道这个计划成功的概率有多大。"从飞机上弹出来，不用降落伞，那你必死无疑。王先生，请您回国吧，我感谢你的英勇。"

"不，只有这种方法才能救他们！"王鹏翔焦急的一声吼叫，把旁边正在讨论行动计划的安全局的官员全都吸引了。"请你给他们翻译，把我刚才的想法翻译给他们。我知道你们会干什么，上不去人，就在列车到达终点前把它击毁，对不对？死掉一车人，保住圣彼得堡？"

发现佐林走出来注视他们这边的情形，助手只好把王鹏翔的疯狂念头讲给他听。佐林眼睛发亮，来到王鹏翔面前。只有目睹过"白狐"奇迹的人，才知道这个计划的可行性。

"对，苏35型教练机有双座，可以用来试试你的计划。"

其他人面面相觑，这叫什么计划？和自杀有什么区别？老大为什么相信他能够完成？

"是的，我能完成。我不知道怎么向你们解释，但我知道，这个动作我能完成！空气流动，速度，重力……这些我都能处理好。我的身体就是一种武器！"

佐林双手重重地放在王鹏翔肩膀上，目光里满怀期待。他完全知道，其他方案看似常规，其实更不可行。"是的，我相信。苏35在三百公里低速时拥有很好的机动性，优秀驾驶员完全可以做出"眼镜蛇机动"。但是列车风挡的横截面积很小，你能保证自己准确地撞进去？半秒钟的误差，你就要从列车头上滚下去。"

"我能办到，请相信我！"

 一列"萨普桑"从莫斯科全速开到圣彼得堡，只需要四小时。现在时间已经过半，佐林知道自己毫无选择，只有再用这个东方小伙子赌一把。

王鹏翔被火速送到莫斯科附近的空军基地，来到一架苏35战斗机面前。它那流畅的气动外形让王鹏翔觉得它不是一台人造机器，仿佛是一只活物，随时可以自己飞起来。

苏35拥有航空史上空前优秀的气动性能，而且这种优势很有可能会"绝后"。因为导弹技术发展起来后，不再讲究飞机与飞机纠缠在一起打近距离空战。新战斗机与其能像鹰隼那样灵巧，不如多带几枚空空导弹，在超视距范围内打击对手。

甚至，如果无人机时代全面到来，需不需要人来驾驶战斗机，都会成为问题。

驾驶过苏35的这些飞行员，也算是人类航空史上空前的一批专家。他们

驾驶着这些金属猛禽，飞出过许多匪夷所思的技术动作。骑手用身体熟悉马匹，运动员用身体熟悉球、撑杆和雪橇，这些驾驶员要做的事情差不多，只是要用身体去熟悉苏35，体会它在各种高度、各种气流条件下的性能。这些感觉同样无法言传，必须亲身体会。

可惜的是，现在除了到航空展会上进行飞行表演，这些动作逐渐失去了价值。

王鹏翔坐到了苏35战斗机后座上。降落伞已经被拆掉。如果他完不成自己设想的动作，就会以每小时接近三百公里的速度撞击地面。以这样的速度落地，甚至留不下一具完整的尸体。

"小伙子，你这么拼命是为了什么？"前座的驾驶员一边检查设备，一边用英语问他，"为了人道主义？"

"不完全是。"在这个狭窄的空间里，面临生死关头，王鹏翔没必要再掩饰自己，"列车驾驶室里的那个女孩，你看到了吗？我要她活下来。"

前座驾驶员用右手比画了一个"OK"的手势："我尽全力把你送进去。不过要是你失败了，我就会轰击车头和后面车厢的连接处，把它们分开，把伤亡人数减少到最小。请原谅，这是我接到的命令。"

"明白！"

王鹏翔不再说话，闭上眼睛，默想着动作要领。世界上没人做过这个技术动作，因为在其他场合下根本没有任何实际意义。王鹏翔无从借鉴，只能凭想象，把动作连接起来。

念动训练！实践之前，王鹏翔只能在脑子里一遍遍"演习"。在现实世界里，他只有一次机会，只有一次！

这位驾驶员也是绝顶高手。他曾经在俄罗斯领空上驱赶过敌方飞机的骚扰，方法是飞到对方飞机下面，用自己飞机垂尾的尖端割开对方发动机的蒙皮，令其迫降。能把超音速战机当成手术刀使用的人，全世界也没有几个。

苏35呼啸而起，迅速爬升。王鹏翔闭上眼睛，全然不为剧烈的震动所扰，一遍遍构想着动作的细节。

不知过了多久，驾驶员把王鹏翔从动作想象中唤醒。远远向前望去，飞机已经快要赶上"萨普桑"。驾驶员说道："一会儿我做"眼镜蛇机动"，你认为飞机的姿势可以了，喊一声，我就把你弹出去。如果听不到你喊，我就不按。重新把飞机拉直，执行下一道命令。"

"哈拉肖！"

列车贴在原野上飞驰。苏35尾随上来，从列车尾部跟上去，降低速度朝车头飞去，距离地面也越来越低。四十米、三十米。苏35飞到离地面十五米高空时，就不再下降了。再往下去，那股地效之风就会把它托起来。

苏35越过整个列车时，速度已经降到每小时三百三十公里，与列车之间只有小小的速度差，和快速骑自行车差不多。越过车头五十米后，驾驶员猛地拉起机头，苏35像一只看到猎物的眼镜蛇，机头后仰，机身高高立起，机尾反探向前方。座舱顶部转而面向后下方,正对着"萨普桑"的驾驶室。

"啊——"

用全世界都能听懂的声音,王鹏翔大喊一声。驾驶员猛拍弹射按钮,后舱盖打开,强大的力量把王鹏翔和座椅一起弹了出去。他在身体飞到最高处时解开安全带,全身大翻转,变成面朝列车驾驶室的姿势落下。然后,他用双手推着座椅,挡住头面部,瞄准列车风挡直撞下去。

一个恐怖分子透过风挡看到了外面的情形,这个从天而降的人完全把他弄蒙了,想不到这是要做什么。等他反应过来时,王鹏翔推着弹射座椅已经落到面前。高速列车的风挡可以抵抗飞鸟撞击。此时,弹射座椅和列车之间的相对速度远不如飞鸟,但它的质量足够大。玻璃顿时碎裂成雨,王鹏翔就像一条鱼般钻了进去。恐怖分子本能地跳开,后背被座椅重重砸到,摔倒在地,昏了过去。

驾驶室里一片混乱,阿婕丽娜最先反应过来,她一个滚翻,落到驾驶台前。她的胳膊被人缚住,便用脚猛踢制动装置,这个念头她已经动了很久。

列车紧急刹车,巨大的力量把她死死地按在驾驶台侧面,另一个恐怖分子干脆被惯性扔出了破碎的前窗。

驾驶室里只剩下一个恐怖分子,他并没有学到"白狐"的真谛,在紧急制动中跌跌撞撞,拼命控制着身体平衡。是他杀了达丽娅!阿婕丽娜大吼一声,横身撞倒这名恐怖分子,与他一起滚倒在地。然后,阿婕丽娜使用女人身上最恐怖

的武器——高跟鞋，狠狠地踩踏他的面部。

完成了惊艳的"眼镜蛇机动"，飞行员把机头拉平，驾驶苏35转了一大圈，又回列车旁边。他满意地看着列车减速、再减速，手从机炮按钮上松开了。"那个小伙子成功了，列车快停了。"飞行员汇报着。

列车终于停住后，阿婕丽娜出现在舱门口，她已经磨断了绳索，拖着王鹏翔，朝天空的飞机挥着手。

成功完成这个举世无双的动作后，王鹏翔就被摔得七荤八素。后面的格斗过程，他其实一点儿都不知道。等列车停下后，乘客们一拥而上，把两个重伤的恐怖分子捆绑起来。

陪着阿婕丽娜的这些天，一个遗憾始终埋藏在王鹏翔心里。他想找谢尔盖切磋，看看自己的格斗能力到了什么地步，这个愿望无法实现了。

现在，王鹏翔稍稍得到了慰藉。当他苏醒过来后，佐林给他看了"萨普桑"车头上拍摄的监控画面。王鹏翔跃出飞机机舱，空中大翻转，撞进"萨普桑"的驾驶室。这不是正常人类能完成的动作，对加速度的感觉，对风速的感觉，对身体的控制，都必须达到极致。就是谢尔盖再世，也未必能完成它。

除了惊险的录像，佐林还带来了其他好消息。"俄罗斯政府决定授予你'英勇勋章'。这种勋章授予在维护俄国社会秩序，与犯罪分子做斗争时有突出表现的人。以前只授给俄罗斯公民,总统决定破例授予你这个外国人。"

王鹏翔张了张嘴,他对此倒是有经验,建立这种奇功异勋,免不了会遇到这种事情。只不过,从半年前的"省级见义勇为英雄模范",到一个世界大国的政府勋章,这个跨度有点儿大。"是不是要见媒体?"他还是提出了自己最担心的问题。

"你希望见还是不见?"

"不见不见,这个请您千万帮忙。"王鹏翔焦急地说。他不能够面对媒体,讲述自己如何完成常人不能完成的动作,那牵扯到太多的秘密。

实际上,俄国强力部门对于自己到底如何制服劫持列车的匪徒,现在也没有给公众明确的答复。除了阿婕丽娜,驾驶室外的乘客都没有看到细节。很多媒体准备深挖真相,不过都被联邦安全局应付过去了。

在他们看来,任何对反恐行动细节的报道,都会被后来的恐怖分子所借鉴。

"还有一大笔物质奖励会给你。对于帮助过我们的人,俄国人不会忘记。此外你还需要什么,尽可以提。"

"需要……需要……我现在想不出,以后再说吧。"

这次,阿婕丽娜放下了一切事情,要陪王鹏翔去中国。她要去见王鹏翔的父母,告诉他们,自己愿意做个中国媳妇。

在机场候机室里,伊丽娜亲自来给王鹏翔送行。"谢谢你……"她说着刚学

会的简单中文。因为语言不足以表达自己的感激，大婶又给王鹏翔一个紧紧的拥抱。

然后，她把阿婕丽娜推到王鹏翔面前，做了个手势。这个手势可以理解为"你们去吧"。这个年轻人为自己的女儿以命相搏，她绝对可以放心。

王鹏翔因故推迟返校，肖亚玲也一直与身在俄国的他保持着电话联系。这天，王鹏翔已经在莫斯科登上飞机，肖亚玲正准备过几个小时到机场去接他。助理突然跑到面前告诉她，"快乐世界"总裁突然驾到。

这位常年坐镇大陆总部的 IT 业明星，来的时候没给肖亚玲任何通知，显然要搞突然袭击。肖亚玲不知道他要做什么，心中大惊，让助理不要把消息告诉任何人，自己马上回到办公室等待。

很快，总裁直接来到她的办公室。他没带任何人，同时示意肖亚玲的助手也回避。然后，他开门见山，让肖亚玲停掉那些与公司业务无关的研究。

肖亚玲想装一下糊涂，表示这里并没有任何研究项目与公司的业务无关。不过，她过不了总裁这一关，对方本身就是 IT 专家。

"我知道，你对基础心理学研究一直有兴趣，我给你开一定程度的绿灯，是因为《论剑》项目的收益占公司利润三成，这算是对你变相的奖励。不过咱们是家上市公司，方方面面都要给股东交代。你搞的一些研究，本来应该由中科院心理所去做；再不成，也要由那些博士后流动站去搞。一家以赢利为主的公司，没必要做这些东西。"

　　肖亚玲早就知道会有这一天，不过当它到来时，她还是觉得太快了一些。总裁要她把所有私人数据都清除，占用的公司设备都要交回，其中也包括那件压力传感服。

　　肖亚玲长叹一声，产生了"大限将至"的感觉。是的，自从发现终极武术的秘密，她越来越想深入研究人类动作的终极规律，这和公司的业务范围也越来越远。是坚持自己的学术理想，还是放弃它？

　　"天啊，你不会是想辞职吧？"总裁看出了她的想法。

　　肖亚玲摇摇头，辞职？那也没什么用。国内没有任何一家研究机构，能再给她提供这么好的研究条件。单是那套压力传感服就价值上千万元。离开"快乐世界"，她离自己的理想只会更远。

　　经过谈判，肖亚玲和总裁达成了共识，把手里的研究项目结束，把成果封存，再不申请新的经费。"还有你的干儿子，公司也不能再给他开工资了。"总裁提醒道。

　　"干儿子？你说谁？"

　　"王鹏翔啊，他不是王轩的儿子吗？公司里的人都说，他是你的干儿子。"

　　肖亚玲不得不在心里承认，她已经把这个孩子当成了干儿子。"他会帮助我们检测很多动作程序。我支付他的，也只是劳务费。"

　　"我还有别的专家，他们认为应该用更多的普通人来检测动作程序。男女老少,不同年龄,不同身体条件。王鹏翔的运动能力超强,用他测出的数据完全没有代表性。"

肖亚玲无从反驳。这段时间里,总裁对自己利用公司设备搞的额外研究睁一只眼,闭一只眼,显然,这次他也承受了许多压力。

总裁谈完话,和肖亚玲握过手,迅速飞往新加坡参加国际商业论坛去了。

肖亚玲打开窗帘,望着香港的街景。眼前流光溢彩,车水马龙,她的内心却仿佛凝固下来。

是的,一切都结束了,至少是暂告中断。她不能再动用功率强大的计算机,去计算人类最顶尖的动作能力。终极武术作为一个程序将被清除,她也没有其他设备可以运行它。从今以后,那东西只存在于王鹏翔的身体里。如果他出了事,比如断了一条腿,无法操练,它就等于被封闭在王鹏翔身体里,再没人能够掌握它。

几个小时后,这孩子才会知道自己变得有多重要!

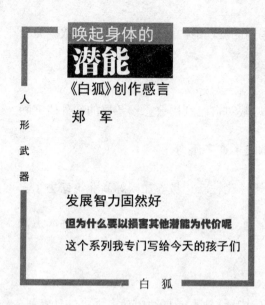

唤起身体的
潜能

《白狐》创作感言

郑 军

发展智力固然好

但为什么要以损害其他潜能为代价呢

这个系列我专门写给今天的孩子们

白 狐

有这样一幅漫画:几个科学家拿着数据报表抓耳挠腮。一只大猩猩在旁边窃笑。附文是:为什么我能预言地震而科学家不能?

在本书出版前,尼泊尔再次发生大地震,动物也再一次显示出它们比科学家"高明"的地方,许多动物提前一天就涌到空旷的地方避险。然而,人类毕竟也是一种动物,其他动物能做到的事情,我们真的不会了吗?

其实,动物预感地震的机制并不复杂。大地深处发生剧烈变化时会发出次声波,干扰动物内脏的活动,让它们产生警觉。同样的机制肯定也会影响到人的内脏,但是,如果你某天突然心跳加速,恶心头晕,烦躁不安,你是会推测自己得了病,还是估计将要发生地震?谁都会往前面一种原因上想。在这里,人的知识、经验、逻辑思维，歪曲了人的先天感知带来的结果。

《白狐》用一个惊险的故事来探讨这个问题。小说中有位苏联的科学家，他主持了人体先天感知潜能的开发研究。这个科学家的姓名完全取自其原型，真实的斯皮尔金曾经主持苏联的特异功能研究。几十年后，特异功能已经被证明并不存在，但人体潜能却是另外一回事，它是指在今天被压抑、淡化、遗忘的那些能力，它们仍然潜伏在我们身上，只是没有机会表现出来。

《白狐》里面不仅借用了真人做原型，还借用了不少真实案例。比如志愿军观察哨能够预感尚被地平面遮挡的敌机，染坊工人能够辨认几十种程度不同的黑色。随着世界日益文明化、知识化，这些说不清道不明但却真实存在的能力在一天天地消逝。某种程度上，如果一个人太专注于读书和思考，脑中管理语言思维的区域膨胀，而控制感知和运动的区域就会被压抑。小说里面那群代号"白狐"的特种兵，他们要解决的就是这个问题。

不光是这一部，整个《人形武器》系列都包含着这个主题——发展智力固然好，但为什么要以损害其他潜能为代价呢？这个系列我专门写给今天的孩子们。记得小时候，我最羡慕的不是哪位同学的学习成绩好，而是他们能爬树。男孩也还罢了，一些好动的女同学都能爬树。但今天，即使农村来的孩子，很多也已经没有这种技能了。音乐、美术、体育这些发展感知运动能力的课程都被压缩，现在的孩子甚至春游的机会都不如我们当年多。

今天的孩子们被埋在书堆里了。书是什么？是离你眼睛一尺远的一小块平面,上面是抽象的文字符号。书当然要读,但如果把全部时间都用在这上面,你就没时间感受现实,它们是形状,是颜色,是声音,是气味。这些和科学定理是同等重要的知识,只不过它们要靠你的身体去认识。

后 记

赵国珍

人
形
武
器

培植中国科幻文学的新生创作力量
擢拔先锋和新锐作家
鼓励题材和手法创新

白　狐

　　如果说传统文学是对历史的现实的观照的话,那么,科幻文学则更是一种对未知的未来的观照。

　　从上个世纪初梁启超翻译凡尔纳的《十五小豪杰》始,到今天刘慈欣的《三体》三部曲被翻译成多种文字走向世界,一百年来,科幻文学在中国经历了从引进到输出的轮回。这一轮回,既是科幻文学这一文类形成与发展的必要过程,也预示着中国的科幻文学开始独立和走向成熟。应该说,中国人的世界和生活中,不能没有科幻文学;而世界科幻大家族中,也不能缺失中国的身影。那么,现在的问题是,目前的中国科幻文学到底是一个什么状态,它有什么样的作家群体,创作了什么样的作品,发展到了什么程度,恐怕仍然不为许多人知晓。现在,大家手头的"沸点"科幻丛书,就是想解决这个问题,就是想回答正在进行时的中国科幻文学"是什么"和"怎么样"的问题,就是想为了解和研究中国科幻文学创作现状的人们提供一个"典型性"文本。

记得在 2010 年我担任《科幻大王》主编时,曾经向刘慈欣约稿,他向我表达的观点是他们这一代人在中国科幻文学的发展过程中,相较于前辈作家来说,只能算是个新生代,而正在出现并将逐步引领风骚的更生代作家已经崭露头角,他如数家珍,热情地为我推荐了一长串名单,并且说这些人才是中国科幻文学的未来。这其中固然有大刘惯常的谦逊和低调,但如果冷静分析,他之所述,的确也是一种客观现实。因为放眼全国科幻界,国内第一个职业科幻作家兼科幻产业开发者郑军、具有阿西莫夫之风的上海女作家陈茜、文风刚柔并济的北京女作家凌晨、台湾科幻、科普两栖作家李伍薰、具有鲜明创作个性和独立风格的陈楸帆、飞氘、江波、夏笳——纷至沓来,源源不绝的创作人才,正是长江后浪推前浪、科幻代有人才出的现实写照啊!

当然,成熟的文学类别是以稳定的作家队伍、稳定的作品形态、稳定的读者人群和稳定的社会反应为标准、为标志的,以此来客观而冷静地观照当今的中国科幻文学,其作家队伍、作品形态、社会认可等固有元素,应该说距离成熟和独立的文学类别还是有一定差距的。但我们也应该看到,传统文学已经拥有三千年以上的历史,而科幻文学如果以公认的玛丽·雪莱的《弗兰肯斯坦》为诞生标志,至今还不到二百年的历史。以二百年的发展过程,能达到今天这样的发展程度,在西方许多国家甚至发展成为主流文类和主流产业,科幻文学旺盛的生命力、强劲的感染力和充沛的发展力,的确令人振奋。虽然说,中国科幻文学的发展与繁荣之路还很长,但我们对未来的发展充满信心,也将倾尽全力做出我们的贡献。

山西出版传媒集团希望出版社的"点点"科幻百部原创出版工程,同时推出"奇点""沸点""极点""起点"四套科幻系列丛书,就是希望通过努力,培植中国科幻文学的新生创作力量,擢拔先锋和新锐作家,鼓励题材和手法创新,保护科幻文学创作者的灿烂思维和先锋尝试,保证科幻文学创作的持续健康发展,以更好满足读者的梦幻体验和阅读快感。这其中既有振兴中国科幻文学的责任感,也有繁荣祖国文化事业的使命感。

2013 年 **9** 月 **28** 日